ANDROMAQUE

Tragédie

avec une notice sur le théâtre au XVIIe siècle,
une biographie chronologique de Racine,
une étude générale de son œuvre,
une **analyse méthodique de la pièce,**
des notes, des questions

par

Denise P.-COGNY
Maître-assistant
à la Faculté des Lettres
et Sciences humaines
du Mans

Pierre COGNY
Vice-Doyen
de la Faculté des Lettres
et Sciences humaines
du Mans

Bordas

ANDROMAQVE. Ph. © Giraudon - Photeb/T.

I.S.B.N. 2-04-010832-7 - I.S.S.N. 0249-7220

LE THÉATRE AU XVIIe SIÈCLE

Origines du théâtre parisien

1398 Les Confrères de la Passion sont établis à Saint-Maur.

1400 Le Synode de Troyes défend aux prêtres d'assister aux spectacles des mimes, farceurs, jongleurs, comédiens.

1402 Les Confrères s'installent à Paris (hôpital de la Sainte-Trinité) et y présentent des mistères, des farces, des moralités.

1539 Ils transportent leurs pénates à l'Hôtel de Flandre.

1543 Celui-ci démoli, ils font construire une salle à l'emplacement de l'hôtel des anciens ducs de Bourgogne (angle des rues Mauconseil et Française : il en reste la Tour de Jean-sans-Peur et une inscription au n° 29 de la rue Étienne-Marcel), tout près de l'ancienne Cour des Miracles.

1548 Un arrêt du Parlement défend aux Confrères la représentation des pièces religieuses, leur réservant en retour le droit exclusif de jouer les pièces profanes (on commence à composer des tragédies imitées de l'antique). Henri IV renouvellera ce monopole en 1597.

Les troupes au XVIIe siècle

1. L'**Hôtel de Bourgogne.** — Locataires de la Confrérie, les « Grands Comédiens » (Molière les nomme ainsi dans *les Précieuses ridicules*, sc. 9) sont des « artistes expérimentés » mais, vers 1660, leur équipe a vieilli. Pour lutter contre la concurrence de Molière, elle s'essaye dans la petite comédie, la farce : « On vit tout à coup ces comédiens graves devenir bouffons », écrivit Gabriel Guéret. A partir de 1670, ils reviennent à la tragédie où éclate leur supériorité (selon le goût du public). Ils touchent une pension de 12 000 livres, que leur avait fait obtenir Richelieu.
2. Le **Théâtre du Marais,** qui fit triompher *le Cid* en 1637, n'a plus, en 1660, « un seul bon acteur ny une seule bonne actrice », selon Tallemant des Réaux. La troupe cherche le salut dans les représentations à grand spectacle, les « pièces à machines » pour lesquelles on double le prix des places. Elle ne touche plus aucune pension.
3. Les **Italiens** sont animés par Tiberio Fiurelli, dit Scaramouche (né à Naples en 1608), mime d'une étonnante virtuosité. Ils improvisent sur un canevas, selon le principe de la *commedia dell'arte.* S'exprimant en italien, ils sont « obligés de gesticuler [...] pour contenter les spectateurs », écrit Sébastien Locatelli. Ils reçoivent 16 000 livres de pension générale et des pensions à titre personnel.
4. La **troupe de Molière** s'est installée à Paris en 1658, d'abord au Petit-Bourbon, puis au Palais-Royal; en 1665, elle est devenue la Troupe du Roi et reçoit 6 000 livres de pension.
5. L'**Opéra,** inauguré le 3 mars 1671 au jeu de paume de Laffemas, près de la rue de Seine et de la rue Guénégaud, est dirigé, à partir de l'année suivante, par Lully.

6. Autres troupes plus ou moins éphémères : celle de Dorimond; les Espagnols; les danseurs hollandais de la foire Saint-Germain; les animateurs de marionnettes. Enfin, de dix à quinze troupes circulent en province, selon Chappuzeau.

En 1673 (ordonnance du 23 juin), la troupe du Marais fusionne avec celle de Molière qui a perdu son chef. Installés à l'**hôtel Guénégaud,** ces comédiens associés se vantent d'être les Comédiens du Roi; cependant, ils ne touchent aucune pension.

En **1680** (18 août), ils fusionnent avec les Grands Comédiens; ainsi se trouve fondée la **Comédie-Française.** « Il n'y a plus présentement dans Paris que cette seule compagnie de comédiens du Roi entretenus par Sa Majesté. Elle est établie en son hôtel, rue Mazarini, et représente tous les jours sans interruption; ce qui a été une nouveauté utile aux plaisirs de cette superbe ville, dans laquelle, avant la jonction, il n'y avait comédie que trois fois chaque semaine, savoir le mardi, le vendredi et le dimanche, ainsi qu'il s'était toujours pratiqué. » (Préface de Vinot et La Grange pour l'édition des œuvres de Molière, 1682.)

Les comédiens : condition morale

Par ordonnance du 16 avril 1641, Louis XIII les a relevés de la déchéance qui les frappait : « Nous voulons que leur exercice, qui peut innocemment divertir nos peuples de diverses occupations mauvaises, ne puisse leur être imputé à blâme, ni préjudice à leur réputation dans le commerce public. »

Cependant, le *Rituel du diocèse de Paris* dit qu'il faut exclure de la communion « ceux qui sont notoirement excommuniés, interdits et manifestement infâmes : savoir les [...] comédiens, les usuriers, les magiciens, les sorciers, les blasphémateurs et autres semblables pécheurs ». La *Discipline des protestants de France* (chap. XIV, art. 28) dit : « Ne sera loisible aux fidèles d'assister aux comédies, tragédies, farces, moralités et autres jeux joués en public et en particulier, vu que de tout temps cela a été défendu entre les chrétiens comme apportant corruption de bonnes mœurs. »

On sait comment fut enterré Molière. Au XVIIIe siècle, après la mort d'Adrienne Lecouvreur, Voltaire pourra encore s'élever (*Lettres philosophiques*, XXIII) contre l'attitude de l'Église à l'égard des comédiens non repentis.

Les comédiens : condition matérielle

Les comédiens gagnent largement leur vie : de 2 500 livres à 6 000 livres par an; ils reçoivent une retraite de 1 000 livres lorsqu'ils abandonnent la scène (à cette époque, un charpentier gagne 1/2 livre par jour). La troupe forme une société : chacun touche une part, une moitié ou un quart de part des recettes. Le chef des Grands Comédiens touche une part et demie.

LA VIE DE RACINE (1639-1699)

1639 (22 décembre) Baptême de Jean Racine, fils de Jean RACINE, contrôleur du grenier à sel de la Ferté-Milon, et de Jeanne SCONIN, fille de Pierre Sconin, procureur royal des Eaux et Forêts de Villers-Cotterêts. Les Racine prétendaient avoir été anoblis vers la fin du XVIe siècle.

1641 (28 janvier) Mort de Mme Racine qui avait mis au monde, le 24 janvier, une fille baptisée Marie.

1643 (6 février) Mort du père (remarié en 1642) : il ne laisse que des dettes. D'abord élevés par leur grand-père Sconin, à la mort de ce dernier les deux orphelins sont pris en charge par leur grand-mère paternelle, Marie DESMOULINS, marraine du petit Jean, et dont la fille Agnès (née en 1626) devait devenir abbesse de Port-Royal sous le nom de Mère AGNÈS DE SAINTE-THÈCLE. De treize ans son aînée, Agnès se montre pour l'enfant une vraie mère, ce qui explique les remontrances qu'elle lui fera plus tard, quand elle craindra pour son âme.

1649 A la mort de son mari, Marie Desmoulins emmène Jean à **Port-Royal** où elle a des attaches (une de ses sœurs, Suzanne, était morte en 1647 dans la maison de Paris; l'autre, Mme Vitart, était oblate à Port-Royal des Champs) et où elle-même prend le voile.

1649-1653 Racine est admis aux **Petites Écoles** tantôt à Paris, tantôt au Chesnay ou aux Champs, dans le domaine des Granges où les élèves logent avec les Solitaires. Il a Nicole pour maître en troisième.

1654-1655 Classes de seconde et de première au Collège de Beauvais, qui appartient également aux Jansénistes.

1655-1658 Retour à **Port-Royal des Champs.** « Lancelot lui apprit le grec, et dans moins d'une année le mit en état d'entendre les tragédies de Sophocle et d'Euripide » (Valincour à l'abbé d'Olivet, cité dans l'*Histoire de l'Académie*, 1858, t. II, p. 328). La formation que Racine a reçue de l'helléniste Lancelot, du latiniste Nicole, d'Antoine Le Maître et de « Monsieur » Hamon, tous hommes d'une piété austère, aura une influence considérable sur son œuvre, et explique qu'on ait pu voir des chrétiennes plus ou moins orthodoxes en Phèdre et Andromaque. Peut-être aussi cette éducation sévère a-t-elle fait de Racine un replié qui explosera dès qu'il en trouvera la liberté : c'est l'opinion de Sainte-Beuve.

1659 A sa sortie du Collège d'Harcourt, où il a fait sa philosophie, Racine demeure à Paris où il retrouve Nicolas VITART, cousin germain de son père et secrétaire du duc de Luynes. Il manifeste quelque tendance à mener joyeuse vie et semble avoir fait connaissance, dès cette époque, avec La Fontaine. Ambitieux, désireux de faire une carrière littéraire, il recherche avec habileté la faveur des grands.

1660 Ode en l'honneur du mariage du roi : *la Nymphe de la Seine*. D'après Sainte-Beuve, Chapelain aurait déclaré : « L'Ode est fort belle, fort poétique, et il y a beaucoup de stances qui ne peuvent être mieux. Si l'on repasse le peu d'endroits que j'ai marqués, on en fera une fort belle pièce. » Aussi intéressante, pour le jeune arriviste, est la gratification de cent louis qui accompagne ce compliment.

1661 Retraite à **Uzès** chez son oncle, le chanoine Sconin, vicaire général, dont il espère recevoir le bénéfice. Il étudie la théologie et... s'ennuie. D'Uzès, il écrit à La Fontaine : « Toutes les femmes y sont éclatantes, et s'y ajustent d'une façon qui leur est la plus naturelle du monde [...]. Mais comme c'est la première chose dont on m'a dit de me donner de garde, je ne veux pas en parler davantage [...]. On m'a dit : *Soyez aveugle* ! Si je ne le puis être tout à fait, il faut du moins que je sois muet; car, voyez-vous, il faut être régulier avec les réguliers, comme j'ai été loup avec les autres loups vos compères. *Adiousas!* »

1662 Déçu de n'avoir obtenu, pour tout bénéfice, qu'un petit prieuré, Racine revient à Paris où, en janvier 1663 il publie une ode : *la Renommée aux Muses*. Il voudrait sa part de la manne royale dont tout le monde parle dans la République des Lettres : la première liste officielle de gratifications sera publiée en 1664 et le jeune poète sera inscrit pour 600 livres.

1663 (12 août) Marie Desmoulins meurt à Port-Royal de Paris.

1664 (20 juin) Première représentation de **la Thébaïde ou les Frères ennemis** par la troupe du Palais-Royal que dirige Molière.

1665 Lecture de trois actes et demi d'*Alexandre* chez la comtesse de Guénégaud (4 décembre). Puis représentation de la tragédie par la troupe de Molière avec un grand succès. Saint-Evremond écrit une dissertation sur l'*Alexandre* de Racine et la *Sophonisbe* de Corneille. C'est alors que Racine se **brouille avec Molière :** il porte sa tragédie chez les comédiens de l'Hôtel de Bourgogne.

1666 Nicole faisait paraître, depuis 1664, une série de *Lettres sur l'Hérésie imaginaire* (c'est-à-dire le jansénisme) : les dix premières seront nommées *les Imaginaires*, les huit suivantes *les Visionnaires*. Dans la première *Visionnaire*, Nicole traite le « faiseur de romans » et le « poète de théâtre » d' « empoisonneur public, non des corps, mais des âmes des fidèles ». Racine répond : « Vous pouviez employer des termes plus doux que ces mots d'*empoisonneurs publics* et de *gens horribles parmi les chrétiens*. Pensez-vous que l'on vous en croie sur parole? Non, non, Monsieur, on n'est point accoutumé à vous croire si légèrement. Il y a vingt ans que vous dites tous les jours que les Cinq Propositions ne sont pas dans Jansenius; cependant on ne vous croit pas encore. » La raillerie « sent déjà Voltaire », observe Mauriac.

1667 (mars) Maîtresse de Racine, la comédienne **Thérèse Du Parc** quitte la troupe de Molière et crée **Andromaque** à l'Hôtel de Bourgogne. Ils se marièrent secrètement (le chanoine Chagny en a fourni la preuve en 1962) et eurent une fille qui mourut à l'âge de huit ans.

1668 (décembre) Mort de la Du Parc, dans des conditions assez mystérieuses : la mère parle d'empoisonnement [1].

1669 (13 décembre) Échec de *Britannicus*, malgré la protection déclarée du roi. La tragédie a eu pour interprète la nouvelle maîtresse de Racine, la **Champmeslé,** « la plus merveilleusement bonne comédienne que j'aie jamais vue : elle surpasse la Desœillets de cent lieues loin » (Mme de Sévigné, 15 janvier 1672).

1670 (21 novembre) Première de *Bérénice*. Racine entre en lutte ouverte avec Corneille. D'après Fontenelle (*Vie de Corneille*, 1729), le sujet aurait été proposé au poète par Henriette d'Angleterre, qui l'aurait également suggéré à Corneille, sans dire ni à l'un ni à l'autre qu'elle engageait une compétition. Les plus récents historiens littéraires, ainsi M. Pommier, n'ajoutent pas foi à cette tradition. En 1660, comme Titus, Louis XIV avait triomphé de sa passion (pour Marie Mancini, nièce de Mazarin) : on tenait à l'en louer.

Racine mène alors une vie agitée. Les ennemis ne lui manquent pas : les deux Corneille et leur neveu Fontenelle; les gazetiers Robinet et Donneau de Visé; la comtesse de Soissons (chez qui s'est retirée la mère de la Du Parc), la duchesse de Bouillon, les ducs de Vendôme et de Nevers... Mais il a de puissants protecteurs dans le roi, Mme de Montespan et sa sœur Mme de Thianges; il a deux bons amis : La Fontaine et Boileau.

1677 (1er janvier) Première de **Phèdre.** La cabale montée par la duchesse de Bouillon et son frère le duc de Nevers (ils avaient commandé à Pradon *Phèdre et Hippolyte*) fait tomber la pièce.

(1er juin) Mariage de Racine avec Catherine de ROMANET : il en aura sept enfants.

(Octobre) Racine et Boileau nommés **historiographes** du roi. Le 13 du mois, Mme de Sévigné écrit à Bussy : « Vous savez bien que [le roi] a donné 2 000 écus de pension à Racine et à Despréaux, en leur commandant de tout quitter pour travailler à son histoire. » Ainsi la retraite de Racine est due à cette ascension sociale, non à sa conversion qui eut lieu la même année; pour la même raison, à partir de 1677, Boileau cesse d'écrire des vers et, dans sa préface de 1683, il parlera du « glorieux emploi qui [l'] a tiré du métier de la poésie ».

1679 La Voisin, une des principales inculpées dans **l'affaire des poisons,** accuse Racine : elle a entendu dire, par la mère de la Du Parc, qu'il n'aurait pas été étranger à la mort de la comédienne. Désormais, selon M. Clarac, Racine aura « en horreur sa vie passée ».

1. Elle accuse Racine d'avoir agi par jalousie. Ainsi débute l'affaire des poisons. En 1670, on trouve chez la marquise de Brinvilliers un attirail d'empoisonneuse. Arrêtée en 1676, porteuse d'une confession écrite qui terrifie les enquêteurs, elle est bientôt exécutée. Mais l'on a découvert une véritable bande de femmes qui vendaient des poisons appelés « poudres de succession ». Le roi convoque une Chambre ardente : elle fait arrêter les coupables et enregistre la dénonciation faite par la Voisin. En janvier 1680, un ordre d'arrestation sera lancé contre Racine mais, par suite d'une très haute intervention, l'affaire en restera là pour le poète.

1685 (2 janvier) Racine, directeur de l'Académie française, reçoit Thomas Corneille qui remplace son frère dans la docte assemblée. Faisant un bel éloge de l'ancien rival, Racine déclare : « A dire le vrai, où trouvera-t-on un poète qui ait possédé à la fois tant de grands talents, tant d'excellentes parties : l'art, la force, le jugement, l'esprit? Quelle noblesse, quelle économie dans les sujets! Quelle véhémence dans les passions! Quelle gravité dans les sentiments! Quelle dignité, et en même temps quelle prodigieuse variété dans les caractères! »

1687 Racine donne une nouvelle édition de son théâtre. Sa conversion ne l'a donc pas conduit à négliger son œuvre passée et à se rallier aux vues de Nicole.

1689 (26 janvier) Première représentation d'**Esther,** pièce sacrée commandée par Mme de Maintenon pour les « demoiselles de Saint-Cyr ».

1690 Racine est nommé **gentilhomme ordinaire du roi** et, en 1693, faveur insigne, sa charge deviendra héréditaire. Dans un texte rédigé entre 1690 et 1697 (Spanheim, *Relation de la Cour de France*, 1882, p. 402), on lit : « M. de Racine a passé du théâtre à la cour, où il est devenu habile courtisan, dévot même [...]. Pour un homme venu de rien, il a pris aisément les manières de la cour [...] et il est de mise partout, jusques au chevet du lit du Roi, où il a l'honneur de lire quelquefois, ce qu'il fait mieux qu'un autre. »

1691 (5 janvier) Répétition d'*Athalie* à Saint-Cyr, sans décor ni costumes. Les conditions de ce spectacle amèneront Francisque Sarcey à se demander s'il ne serait pas possible de jouer les grandes pièces classiques « dans une grange ».

1691-1693 Racine accompagne le roi aux sièges de Mons et de Namur, mais il n'est resté de son œuvre d'historiographe que des récits fragmentaires. Sa pension est double de celle de Boileau.

1693-1698 *Abrégé de l'histoire de Port-Royal*, écrit à la gloire de ses anciens maîtres pour lesquels il ne cesse de s'entremettre auprès du roi. Nouvelle édition des *Œuvres complètes*, augmentées de pièces diverses et de *Quatre Cantiques spirituels*. L'amitié de Racine pour les Jansénistes ne trouble pas ses relations avec le roi, quoi qu'on en ait dit : il continue d'être invité à Marly et, le 6 mai 1699, Boileau écrira à Brossette que « Sa Majesté a parlé de M. Racine d'une manière à donner envie aux courtisans de mourir s'ils croyaient qu'Elle parlât d'eux de la sorte après leur mort ».

1699 (21 avril) Mort de Racine. Son « petit testament » exprime ces volontés :

Je désire qu'après ma mort mon corps soit porté à Port-Royal des Champs, et qu'il soit inhumé dans le cimetière, aux pieds de la fosse de M. Hamon. Je supplie très humblement la mère abbesse et les religieuses de vouloir bien m'accorder cet honneur, quoique je m'en reconnaisse indigne, et par les scandales de ma vie passée, et par le peu d'usage que j'ai fait de l'excellente éducation que j'ai reçue autrefois dans cette maison, et des grands exemples de piété et de pénitence que j'y ai vus et dont je n'ai été qu'un stérile admirateur. Mais plus j'ai offensé Dieu, plus j'ai besoin des prières d'une si sainte communauté pour attirer sa miséricorde sur moi. Je prie aussi la mère abbesse et les religieuses de vouloir accepter une somme de huit cents livres.

Fait à Paris, dans mon cabinet, le 10 octobre 1698.

1711 (2 décembre) Après la destruction de Port-Royal, les cendres de Racine sont transférées, avec celles de Pascal, à Saint-Étienne-du-Mont.

RACINE : L'HOMME

Au physique, nous ne connaissons guère le jeune Racine car « le seul portrait de Racine qui présente de sérieuses garanties d'authenticité est celui que peignit Santerre deux ou trois ans, vraisemblablement, avant la mort du poète » (R. Picard, II, p. 1145). Ses contemporains disent qu'il était beau et ressemblait au roi.

Passionné, il fut aimé autant qu'il aima. Trop longtemps comprimé dans le milieu rigoriste de son enfance (voir p. 5), il eut tendance à confondre l'indépendance du jeune homme avec la débauche; mais, sensible à l'excès, il sut plus tard être bon père.

Le cruel Racine tend aujourd'hui à effacer le doux et tendre Racine de la légende. « Comme il sait mordre, comme il sait être arrogant, blessant, méprisant, brutal! Si on ne l'admirait pas tant, on le haïrait. Quand on l'attaque, il se défend et se débat comme un diable. Il rugit, il bondit, il déchire sa proie avec ses crocs cruels, il larde les visages, il hurle de douleur et de fureur. C'est un tigre enragé » (Jean-Louis Barrault, *Mon Racine*). Légende nouvelle? Non. « Fourbe, traître, ambitieux, méchant », affirmait Diderot. Et l'on ne récusera pas ce témoignage de Boileau, ami des premiers jours et des derniers : « Railleur, inquiet, jaloux et voluptueux » (d'après Jean Pommier, *Revue d'histoire littéraire de la France*, octobre 1960). Cependant, **le grand Racine** garde son mystère, que M. Mauriac devine : « Nous avons perdu le secret de Jean Racine : le secret d'avancer continûment dans la vie spirituelle, d'y progresser, de n'en point laisser derrière nous des parcelles vivantes, attachées encore à la boue. Simplicité de Jean Racine [...]. Aucune voix ne lui crie que ce qu'il détruit de lui-même, c'est justement l'essentiel; que tout en nous, même le pire, doit servir à créer l'irremplaçable dont nous recélions les éléments. Racine se délecte à se simplifier. »

RACINE : SES PRINCIPES

Homme de théâtre, il exigeait de ses interprètes la perfection : ce serait la raison pour laquelle, d'après son fils, il aurait retiré *Alexandre* aux acteurs de Molière, dont il était mécontent (voir p. 6).

Écrivain, il nous a révélé ses scrupules dans ses préfaces :

En 1664, dans la dédicace de *la Thébaïde*, il parle du « don de plaire », qui lui paraîtra toujours la qualité majeure d'un écrivain.

En **1666**, dans la première préface d'*Alexandre*, il attaque les « subtilités de quelques critiques, qui prétendent assujettir le goût du public aux dégoûts d'un esprit malade, qui vont au théâtre avec un ferme dessein de n'y point prendre de plaisir, et qui croient prouver à tous les spectateurs, par un branlement de tête et par des grimaces affectées, qu'ils ont étudié à fond la *Poétique* d'Aristote » : première attaque contre les formalistes.

Que reproche-t-on à mes tragédies, demande Racine, « si toutes mes scènes sont bien remplies, si elles sont liées nécessairement les unes avec les autres, si tous mes acteurs ne viennent point sur le théâtre que l'on ne sache la raison qui les y fait venir et si, avec **peu d'incidents et peu de matière,** j'ai été assez heureux pour faire une pièce qui les a peut-être attachés malgré eux, depuis le commencement jusqu'à la fin? ».

Une tragédie n'est que « l'imitation d'une action complète où plusieurs personnes concourent », lit-on dans la première préface de *Britannicus* (1670); mais « d'une action simple, chargée de peu de matière, telle que doit être une action qui se passe en un seul jour, et qui, s'avançant par degrés vers sa fin, n'est soutenue que par les intérêts, les sentiments et les passions des personnages ».

On n'écrit pas une tragédie, en effet, pour les pédants, mais pour « le petit nombre de gens sages auxquels [on s'] efforce de plaire ».

La préface de *Bérénice* (1671) précise certains points; notamment la brièveté et la simplicité de l'action :

« La durée d'une tragédie ne doit être que de quelques heures. »

« Ce n'est point une nécessité qu'il y ait du sang et des morts dans une tragédie; il suffit que l'action en soit grande, que les acteurs en soient héroïques, que les passions y soient excitées, et que tout s'y ressente de cette **tristesse majestueuse** qui fait tout le plaisir de la tragédie. »

La simplicité de l'action était « fort du goût des anciens. Car c'est un des premiers préceptes qu'ils nous ont laissés [...]. Et il ne faut point croire que cette règle ne soit fondée que sur la fantaisie de ceux qui l'ont faite. Il n'y a que le **vraisemblable** qui touche dans la tragédie. Et quelle vraisemblance y a-t-il qu'il arrive en un jour une multitude de choses qui pourraient à peine arriver en plusieurs semaines? Il y en a qui pensent que cette simplicité est une marque de peu d'invention [...] au contraire, toute l'invention consiste à **faire quelque chose de rien** ».

Les spectateurs se soucient trop des règles. « Je les conjure d'avoir assez bonne opinion d'eux-mêmes pour ne pas croire qu'une pièce qui les touche et qui leur donne du plaisir puisse être absolument contre les règles. **La principale règle est de plaire et de toucher.** Toutes les autres ne sont faites que pour parvenir à cette première. »

Le tragique se risquera-t-il, dans son désir de faire neuf, à prendre son sujet dans l'histoire moderne? Pas celle de son pays, en tout cas, répond Racine en **1676** dans la seconde préface de *Bajazet;* car on ne peut évoquer le quotidien avec poésie. « Je ne conseillerais pas à un auteur de prendre pour sujet d'une tragédie une action aussi moderne que celle-ci, si elle s'était passée dans le pays [...]. Les personnages tragiques doivent être regardés d'un autre œil que nous ne regardons d'ordinaire les personnages que nous avons vus de si près [...]. L'éloignement des pays répare en quelque sorte la trop grande proximité des temps. »

En somme, que tout, dans une tragédie, soit justifié, qu'il n'y ait rien de superflu. « On ne peut prendre trop de précaution pour ne rien mettre sur le théâtre qui ne soit très nécessaire. Et les plus belles scènes sont en danger d'ennuyer, du moment qu'on les peut séparer de l'action, et qu'elles l'interrompent au lieu de la conduire vers la fin » (préface de *Mithridate*, 1673).

Malgré le respect dû à la vérité, l'histoire cédera devant les convenances : pour plaire aux honnêtes gens, on peut se permettre de substituer une quelconque Ériphile à la douce Iphigénie. « Quelle apparence que j'eusse souillé la scène par le meurtre horrible d'une personne aussi vertueuse et aussi aimable qu'il fallait représenter Iphigénie? » La jalouse Ériphile, « tombant dans le malheur où [elle] voulait précipiter sa rivale, mérite en quelque façon d'être punie, sans être pourtant tout à fait indigne de compassion [...]. Quel plaisir j'ai fait au spectateur, et en sauvant à la fin une princesse vertueuse pour qui il s'est si fort intéressé dans le cours de la tragédie, et en la sauvant par une autre voie que par un miracle, qu'il n'aurait pu souffrir, parce qu'il ne le saurait jamais croire » (préface d'*Iphigénie*, 1674).

La préface de *Phèdre* (1677), enfin, rappelle les nécessités morales que le jeune contradicteur de Nicole (voir p. 6) aurait eu tendance à écarter. Le sujet de cette tragédie présente « toutes les qualités qu'Aristote demande dans le héros de la tragédie, et qui sont propres à **exciter la compassion et la terreur.** En effet, Phèdre n'est ni tout à fait coupable, ni tout à fait innocente ». On n'aura pas besoin de faire appel à la *catharsis*[1] pour justifier la pièce aux yeux des moralistes. « Je n'en ai point fait où la vertu soit plus mise en jour que dans celle-ci. Les moindres fautes y sont sévèrement punies. La seule pensée du crime y est regardée avec autant d'horreur que le crime même. Les faiblesses de l'amour y passent pour de vraies faiblesses. Les passions n'y sont présentées aux yeux que pour montrer le désordre dont elles sont cause; et le vice y est peint partout avec des couleurs qui en font connaître et haïr la difformité. C'est là proprement le but que tout homme qui travaille pour le public doit se proposer. »

---

1. Ou purgation : en leur faisant partager, durant deux heures, la passion des personnages, le théâtre purge les âmes de leurs tendances mauvaises.

RACINE : SON ŒUVRE

L'œuvre dramatique de Racine est peu abondante, en regard des 33 pièces de Corneille et des 34 pièces de Molière. Elle comprend 12 pièces, réparties en trois genres :

9 tragédies profanes :

1664 (20 juin)[1] : *la Thébaïde ou les Frères ennemis.*
1665 (4 décembre) : *Alexandre le Grand.*
1667 (17 novembre) : *Andromaque.*
1669 (13 décembre) : *Britannicus.*
1670 (novembre) : *Bérénice.*
1672 (janvier) : *Bajazet.*
1673 (janvier) : *Mithridate.*
1674 (août) : *Iphigénie.*
1677 (1er janvier) : *Phèdre.*

2 tragédies sacrées :

1689 (26 janvier) : *Esther.*
1691 (janvier) : *Athalie.*

Une comédie en trois actes :

1668 (octobre ou novembre) : *les Plaideurs.*

En dehors de son œuvre dramatique, Racine a écrit des œuvres diverses en vers et en prose :

Des poèmes latins et français dont les principaux sont : *la Nymphe de la Seine*, 1660; *la Renommée aux Muses*, 1663; onze *Hymnes traduites du Bréviaire romain*, 1688; quatre *Cantiques spirituels*, 1694.

Des traductions, des annotations et des remarques sur l'*Odyssée* (1662), Eschyle, Sophocle, Euripide, la *Poétique* d'Aristote, le *Banquet* de Platon...

Des ouvrages polémiques : neuf épigrammes probablement (Racine ne les avoua pas) et surtout les *Lettres à l'auteur des Imaginaires* dont il ne publia que la première, en 1666 (la seconde paraîtra en 1722).

Des discours : *Pour la réception de M. l'abbé Colbert*, 1678; *Pour la réception de MM. de Corneille et Bergeret*, 2 janvier 1685.

Des ouvrages historiques :

Éloge historique du Roi sur ses conquêtes depuis l'année 1672 jusqu'en 1678.

Relation de ce qui s'est passé au siège de Namur, imprimée en 1692 par ordre du roi, mais sans nom d'auteur.

Notes et fragments (notes prises sur le vif par l'historiographe qui accompagnait le roi dans ses campagnes).

Divers textes, en prose et en vers, concernant Port-Royal.

Abrégé de l'histoire de Port-Royal, sa dernière œuvre, publiée en 1742 (première partie) et 1767 (seconde partie) : « Une chronique sacrée, [...] de l'Histoire Sainte, bien plutôt que de l'histoire » (Raymond Picard, *Œuvres complètes de Racine*, t. II, 1960, p. 35).

---

1. Les dates données sont celles de la première représentation.

LA TRAGÉDIE D' « ANDROMAQUE »

1. Présentation sur scène et en librairie

Le 17 novembre 1667, dans l'appartement de la reine, la troupe de l'Hôtel de Bourgogne présenta *Andromaque.* Le lendemain, les mêmes acteurs donnèrent une représentation publique à l'Hôtel de Bourgogne.

La première édition parut en 1668; la seconde en 1673, la troisième en 1676. Guidé par ses censeurs et plus encore par son goût, Racine se corrigea chaque fois, et certaines variantes ont de l'importance, nous le verrons.

La distribution n'était pas remarquable, Jean-Louis Barrault en a été frappé : « Floridor (*Pyrrhus*) : soixante et un ans; Montfleury (*Oreste*) : soixante-sept ans; Desœillets (*Hermione*) : la cinquantaine. Montfleury avait un tel ventre qu'il le maintenait dans un cercle de fer et, à force de hurler, il le fit éclater et en mourut. » (« Mon Racine », *Revue de Paris,* octobre 1960). Dans *le Mercure de France* de mai 1668, Guéret prêta en effet cette confession à Montfleury, décédé l'année précédente : « Qui voudra savoir de quoi je suis mort, qu'il ne demande point si c'est de la fièvre, de l'hydropisie ou de la goutte; mais qu'il sache que c'est d'*Andromaque.* » Il y avait heureusement la Du Parc, dont la mort prématurée (voir p. 7) fut saluée, dans *la Gazette* de Robinet (15 décembre 1668), par ce quatrain mélancolique :

> L'Hôtel de Bourgogne est en deuil,
> Depuis que voyant au cercueil
> Son Andromaque si brillante,
> Si charmante et si triomphante.

Quoi qu'il en soit, la pièce fut accueillie par le public avec un grand succès : on attacha la même importance à la première qu'à celle du *Cid,* trente et un ans plus tôt. Certes, en 1665, chez Molière, *Alexandre* avait remporté un beau succès. Mais la pièce restait dans les traditions dramatiques du moment; *Andromaque* apparut comme une véritable rénovation de la tragédie. Devant ce triomphe d'un jeune poète de vingt-huit ans, des réactions d'envie étaient inévitables : il y eut une querelle d'*Andromaque* comme il y avait eu une querelle du *Cid.*

2. La querelle d'« Andromaque »

Dès sa présentation, la pièce fut l'objet de vives controverses. La Cour soutint Racine, mais la vieille garde de la critique, fidèle à Corneille, éleva un barrage contre ce qu'on n'appelait pas encore la « nouvelle vague ». A ceux qui attribuaient le succès de sa tragédie au jeu des Grands Comédiens ou à la préciosité de ses personnages qui rappelait celle du duc de Créqui et du comte d'Olonne, Racine lança des épigrammes :

> La vraisemblance est choquée en ta pièce,
> Si l'on en croit et d'Olonne et Créqui :
> Créqui dit que Pyrrhus aime trop sa maîtresse;
> D'Olonne, qu'Andromaque aime trop son mari.

Reconstitution, par Antoine, directeur du théâtre de l'Odéon en 1908-1909, d'une représentation d'*Andromaque* au XVIIe siècle, avec des spectateurs sur la scène.

Bibl. de l'Arsenal, Paris. Ph. © Guiley-Lagache - Photeb/T.

Mais Saint-Evremond, tout en reconnaissant les éminentes qualités de la tragédie, n'accordait à l'auteur qu'une seconde place, instaurant ainsi la mode du fameux parallèle Corneille-Racine, — comme s'il était impossible de les admirer l'un et l'autre sans préférer à tout prix l'un à l'autre.

Mme de SÉVIGNÉ (qui plaça toujours l'héroïsme cornélien bien audessus de la passion racinienne) estimait qu'en versant « plus de six larmes » (lettre du 12 août 1671), elle avait fait un suffisant éloge, encore qu'elle les dût plus à la troupe qu'à la pièce.

Plus dangereuse, parce que publique, l'attaque de SUBLIGNY (1636-1696). Il fit jouer par la troupe de Molière, au théâtre du Palais-Royal, une parodie d'*Andromaque :* la *Folle Querelle*, qui tint l'affiche pendant 27 représentations entre le 25 mai 1668 et la fin de l'année. Presque en même temps, la parodie parut en librairie, chez Thomas Jolly, sous ce titre : *la Folle Querelle ou la Critique d'* « *Andromaque* », *comédie représentée par la troupe du roi...*, avec une préface qui groupe les remarques essentielles, d'ordre psychologique, historique ou stylistique :

— Pyrrhus est trop brutal. « Ceux qui louent le reste de la pièce ont tous condamné sa brutalité, et je m'imagine voir un de nos braves du Marais, dans une maison d'honneur, où il menace de jeter les meubles par la fenêtre, si on ne le satisfait promptement. » Son attitude à l'égard d'Hermione n'est pas d'un honnête homme, puisqu'il se dérobe aux promesses qu'il a formulées. Enfin, le personnage ne répond pas à la règle de la classification des genres, car « l'amour est l'âme de toutes les actions de Pyrrhus aussi bien que de la pièce » : le ton conviendrait à un roman, il détonne dans une tragédie.

— Oreste tutoie Pylade, qui le vouvoie : or, Pylade est roi. Et pourquoi Pyrrhus vient-il au-devant d'un ambassadeur? Comment accepter, en outre, la survivance d'Astyanax?

— En de nombreux endroits, Subligny relève des tournures lourdes ou ambiguës : certaines de ses remarques seront citées dans nos notes.

Racine ne répondit pas à ces critiques mais, à partir de la seconde édition de ses œuvres, il fit des corrections visiblement inspirées par Subligny : manière élégante de reconnaître, avec Boileau, « l'utilité des ennemis ».

3. La « coquetterie vertueuse » d'Andromaque

Le personnage d'Andromaque fut d'abord pris comme un modèle de veuve fidèle et de mère héroïque, jusqu'à ce que Désiré NISARD (1806-1888) posât la question de sa coquetterie (*Histoire de la littérature française*, 1844-1860, t. III, ch. 8) : « Racine a voulu que la belle et aimable fille d'Éétion, l'Andromaque aux bras blancs, fût femme et qu'elle n'ignorât pas la puissance de sa beauté. Elle s'en sert pour se défendre et pour protéger son fils; c'est de sa vertu même qu'elle apprend l'influence de ses charmes, et que lui vient la pensée d'en user. J'appellerais cela une coquetterie vertueuse, si la plus noble de toutes les épithètes pouvait relever le mot de coquetterie. »

Francisque SARCEY reprit l'opinion en termes familiers (*la Tragédie*, éd. des *Annales*, s.d., p. 130-133) : « Eh oui, elle pleure! parce qu'il y a de quoi pleurer dans son affaire, mais aussi parce que les larmes aiguisent sa beauté, excitent l'amour de Pyrrhus et retardent l'instant fatal où il livrera son fils au bourreau. A un moment, elle lui dit : *Retournez, retournez à la fille d'Hélène* [v. 342]. Qu'est-ce qu'il y a de plus irritant pour un homme qui fait la cour de trop près à sa maîtresse que de s'entendre dire : *Non, mon cher, allez donc retrouver votre femme!* Il n'en est que plus enragé après l'autre. »
Parlons de finesse plutôt que de coquetterie, observa Jules LEMAITRE (*Racine*, 1908, p. 143-144) : « Cette finesse féminine parmi tant de vertu et de douleur, et aussi une parfaite fidélité conjugale, il me semble que cela fait une combinaison exquise, et hardie, et vraie. »
Et M. Daniel MORNET de commenter (*Histoire des grandes œuvres de la littérature française*, 1925, p. 80) : « Andromaque enfin, chaste, droite, sincère, est jetée par Racine dans cette situation où il lui faut tromper et séduire. Elle est une *coquette vertueuse* ou plutôt elle découvre en elle-même les coquetteries instinctives qui apaisent et leurrent un homme. Puisque ni la *gloire*, ni la pitié ne suffisent pour fléchir Pyrrhus, elle ne dira pas qu'elle l'aime, ni même qu'elle est sensible à son amour; mais elle avouera qu'elle l'estime et qu'entre tous les Grecs ses vainqueurs, c'est Pyrrhus qui semble à la triste Andromaque le meilleur vainqueur. »
Pour M. H. JACOUBET (« le Problème d'Andromaque : si Racine l'a voulue coquette », *Revue d'histoire littéraire de la France*, juillet-septembre 1929, p. 409-415), la question se tranche par la négative : « Les passages caractéristiques abondent, qui prouvent que le fonds, le tréfonds d'Andromaque, c'est une haine inextinguible pour l'homme dont la vue s'associe à tous ses plus cruels souvenirs. Non, mille fois non, Hector n'aura pas Pyrrhus pour successeur. C'est un devoir (*Dois-je oublier...*, v. 993-996), devoir qui, par surcroît s'enveloppe, si j'ose dire, dans un sentiment fort comme la mort [...]. Au contraire de Phèdre, c'est une refoulée pour le bon motif. »
M. J. HANSE (« Le Caractère d'Andromaque », *Études classiques*, janvier 1938, p. 41-47) partage ce point de vue : « Il faut bien constater que, si elle avait le souci de plaire à Pyrrhus, Andromaque éviterait de le froisser en évoquant à plusieurs reprises, avec une insistance maladroite, assurément aussi consciente qu'involontaire, le souvenir d'Hector. »
M. Eugène VINAVER (*Racine et la Poésie tragique*, 1956, p. 140) va jusqu'à faire d'Andromaque une héroïne cornélienne : « Observée à la lumière de Virgile, Andromaque se présenta d'abord à l'esprit de Racine comme une héroïne consciente de sa tâche, aussi inaccessible au mal que certains héros cornéliens, et prête comme eux à aller jusqu'au bout de son effort. »
M. Antoine ADAM (*Hist. de la Littérature franç. au XVIIe s.*, t. IV, p. 314) semble bien avoir mis le point final à la controverse : « Il n'est pas vrai qu'Andromaque soit la figure idéale de la mère et de

la veuve. Elle n'est pas non plus l'héroïne de la tragédie grecque, et l'on ne saurait la confondre avec la concubine d'un chef de tribu épirote, avec la mère humiliée de Molossos. Elle est une princesse du XVIIe siècle, enfermée dans un château royal, entourée d'égards et de surveillance, et qui sait trop bien ce que masquent tant d'apparences de respect. Henriette de France, dans sa triste cour de Saint-Germain, a pu donner au poète l'image de cette noblesse douloureuse, de ce veuvage d'une princesse exilée. »

4. Les sources d' « Andromaque »

L'étude des sources est étroitement liée à celle des clefs. Mais, demande J. E. MOREL (« la Vivante Andromaque », *Rev. d'hist. lit.*, 1924, p. 618), « faut-il croire que le poète est remonté de l'actualité à la légende, qui deviendrait ainsi une fiction commode et comme pudique? Nous continuons de penser que l'humaniste qu'il était partit d'Homère, d'Euripide, de Sénèque. La belle légende antique l'emporta d'abord sur ses ailes. » A l'antiquité, Racine dut les grandes lignes de son récit, aux contemporains certains détails, certaines situations.

Sources antiques :

Homère, *Iliade*, VI (adieux d'Hector et d'Andromaque); XXII et XXIV (Andromaque pleure la mort d'Hector et se lamente sur le sort de son fils); III et XXIV : voir plus loin, p. 76, note 9.

Euripide, *les Troyennes* (dans cette tragédie, Andromaque est simplement la veuve d'Hector et la mère d'Astyanax) et *Andromaque* (dans cette seconde tragédie, la captive de Pyrrhus a de lui un deuxième fils, Molossos; Hermione, femme de Pyrrhus, complote avec Ménélas le châtiment d'Andromaque qui est sauvée, ainsi que Molossos, par Pélée; Hermione s'enfuit avec Oreste à Delphes où il assassine Pyrrhus).

Virgile, *Énéide*, III (Andromaque est restée fidèle de cœur à Hector; mais il est fait allusion au second mariage d'Andromaque dans des vers que Racine s'est gardé de citer au début de sa préface : voir p. 28).

Sophocle et Eschyle : quelques réminiscences que nous signalerons en note.

Ennius, *Andromaque :* ce vers, parmi les fragments de la pièce parvenus jusqu'à nous, *O pater ! o patria ! o Priami domus !* (voir M. May, *Modern language*, 1947, p. 467 et suiv.).

Sources contemporaines :

Corneille, *Pertharite* (1652) : le souvenir est parfaitement évident dans certains passages (voir p. 46, n. 8; 49, n. 4; 80, n. 5).

Montemayor (romancier espagnol, 1520-1561), *Diana* (1558) : on y voit la même succession d'amours non réciproques.

Maintes œuvres, aujourd'hui oubliées, dont M. Adam nous rappelle les titres (*op. cit.*, IV, p. 320-321) : « Des critiques mal informés [ont fait à Racine] un mérite d'avoir imaginé Pyrrhus qui soumet sa prisonnière à un odieux chantage. C'était au contraire une situation qui avait beaucoup servi. Elle se retrouvait dans l'*Aristotime* de l'obscur Le Vert, dans le *Thrasybule* de Montfleury, on venait de l'observer une fois de plus, en 1661, dans *Camma* de Thomas Corneille. De même, lorsque Hermione ordonnait à Oreste de tuer Pyrrhus et lui promettait, à ce prix, de l'épouser, Racine se bornait à reprendre un thème qu'avaient traité avant lui Desfontaines dans *Perside* et Thomas Corneille dans *Camma*. Le mouvement d'Hermione, son fameux *Qui te l'a dit?* [v. 1543] était presque un lieu commun de la tragédie. Le même coup de théâtre se trouvait déjà dans l'*Alcimédon* de Du Ryer, dans le *Cléomène* de Guérin de Bouscal, dans le *Josaphat* de Magnon, dans l'*Amalasonte* de Quinault, dans le *Démétrius* de Boyer. Le projet que forme Andromaque de se tuer après avoir subi un mariage détesté, Racine pouvait l'avoir observé dans la *Sidonie* de Mairet et, plus nettement, dans la *Sémiramis* de Desfontaines [...] Nous découvrons que Racine n'était pas seulement nourri de la poésie virgilienne, qu'il avait de la production dramatique de son siècle une connaissance étendue. Dans l'obscur Sallebray il avait retenu ce vers : *Je brûle par le feu que j'allumay dans Troie*, et ne l'avait pas méprisé. » On le retrouve, en effet, sous cette forme (v. 320) : *Brûlé de plus de feux que je n'en allumai.*

4. « Andromaque », pièce classique, moderne et racinienne

L'énumération de ces multiples sources ne retire rien au mérite de Racine et à son originalité. On a voulu réduire sa tragédie à un « fait divers », afin de la rapprocher de nous. En fait, Racine est un poète de tous les temps, mais il ne doit pas cette gloire à la banalité des sujets qu'il traite, elle vient de sa vision profonde et lucide qui, nimbée de poésie, marque la passion la plus commune d'une sorte de signe divin. *Andromaque* est à la fois une pièce classique, une pièce moderne et une pièce « racinienne ».

Une tragédie classique. Plus qu'aucun de ses contemporains, Racine fut marqué par la culture grecque dont l'avaient nourri ses maîtres de Port-Royal. Opposant Racine à Corneille, Jean-Louis Barrault a repris à son compte (article précité) une remarque souvent faite : « Pour moi, l'un est grec, l'autre est romain, ou plutôt ils se sont partagé ce qu'il y a de plus précieux au monde : le bassin méditerranéen, autrement dit, la Grèce et le Proche-Orient. » Aux Grecs, Racine doit son élégance sans afféterie, la politesse exquise de son langage, la musique de ses vers, et aussi la subtile connaissance d'un cœur humain miraculeusement libéré de la matière. Mais, chrétien de Port-Royal, il avait été élevé dans une telle crainte de la chair que le péché l'attira comme un vertige. Il put donc réaliser ce parfait équilibre entre le corps et l'âme qu'exige toute étude psychologique vraie.

Artiste exceptionnel, il sut, avec une habileté qui donne l'impression du naturel, se soumettre aux règles classiques traditionnelles.

Les trois unités : l'unité de **temps** est respectée sans peine, dans *Andromaque*, puisque la tragédie débute en pleine crise ; l'ambassade d'Oreste oblige Pyrrhus et Andromaque à des décisions immédiates.

Racine a été si peu gêné par les vingt-quatre heures qu'il a parfois interrompu l'action par des « paliers » (voir la rubrique *l'Action* aux p. 39, 89, 93, 99 et 103), afin de ménager l'intérêt des spectateurs et d'éviter la précipitation.

— Le **lieu** unique est le palais royal de Buthrote.

— Réduite au « seul fait accompli » exigé par Boileau, l'unité d'**action** serait plus contestable; mais les intrigues secondaires (Oreste-Hermione, Hermione-Pyrrhus) sont étroitement subordonnées à l'intrigue principale entre Pyrrhus et Andromaque.

— La **vraisemblance :** chaque personnage prend place dans un conflit historiquement et psychologiquement vrai. Le reproche adressé à Racine d'avoir mélangé les genres en introduisant certaines scènes de dépit amoureux (voir p. 79) ou quelques répliques de roman précieux porte à faux puisqu'il a, de la sorte, respecté la vraisemblance. Avant l'auteur de *Cromwell* (1827), il comprit que tragédie et comédie se frôlent; mais il sut rester sobre et sentit le péril que court un dramaturge en érigeant en système une simple constatation de bon sens. Aucun système, fût-il placé sous l'autorité d'Aristote, ne lui semblait bon. Il s'accordait sur ce point avec Molière.

— Les **bienséances :** la tragédie comporte un assassinat et un suicide, mais le spectateur ne voit pas couler le sang. Le récit provoque suffisamment « la terreur et la pitié », en évitant l' « horreur » qui ne convient pas à un « honnête homme » : Oreste raconte la mort de Pyrrhus, Pylade celle d'Hermione. Certes, la folie d'Oreste est dépeinte avec un réalisme brutal (voir p. 109), mais à aucun moment le poète ne cède au mauvais goût : dans sa déchéance, Oreste reste grand, comme doit l'être un héros de tragédie.

Corneille s'était plié à des règles qu'il acceptait comme conformes à la raison, mais dont il sentait la gêne. Aux yeux de ses admirateurs, cet effort a compté pour sa gloire. Avec *Andromaque*, Racine administra la preuve qu'il était classique d'instinct. « Dans Racine, dit un humoriste cité par Faguet, l'action ne demande ni vingt-quatre heures ni vingt-quatre jours; car elle n'est pas dans le temps; elle est dans le cœur humain. Et le lieu de la scène? La scène aussi : la scène est au fond du cœur humain. » Aristote... ou l'abbé d'Aubignac demandaient-ils davantage? Avec quel art, un art inimitable, Racine a élargi le cadre qui lui était imposé! La mythologie assigne à l'espace et au temps les profondeurs de l'infini, et le problème psychologique s'étend à toute notre espèce, à travers siècles et frontières.

Une tragédie moderne. Victime de la guerre de Troie, Andromaque est cependant contemporaine d'Henriette d'Angleterre et de Mme de Montespan. Toute grande œuvre, en effet, reflète la société à qui elle fut offerte et qui se plaît à s'y découvrir. Dans la tragédie de Racine on retrouve les usages et les modes du XVIIe siècle.

— **Les usages.** Hermione et Pyrrhus ont été fiancés dans les mêmes conditions que l'avaient été Louis XIV et Marie-Thérèse : pour le roi d'Épire, comme pour le roi de France, les impératifs politiques passent avant les droits du cœur.

Pyrrhus appartient à une société beaucoup plus polie que celle des Épirotes. On lui a reproché ce que l'on a nommé son chantage à l'égard d'Andromaque. Mais le Pyrrhus d'Euripide ne se donna pas tant de mal : se conformant au droit du vainqueur, il s'imposa purement et simplement à sa captive.

Les rapports entre Oreste et Pyrrhus rappellent davantage les récits que l'on a pu lire d'ambassades au XVIIe siècle que les rencontres entre ces chefs de tribus qu'étaient les souverains de l'époque homérique. Enfin, dans le palais royal de Buthrote règne une atmosphère morale qui appartient davantage à la civilisation chrétienne qu'à la civilisation hellénique : Chateaubriand n'a pas manqué de l'observer (voir p. 115).

— **Les modes.** Peu d'héroïnes antiques nous posent la question de savoir si elles furent à la fois coquettes et vertueuses. A l'époque homérique, aucun amant délaissé, surtout de souche royale comme Oreste, ne se fût humilié aux pieds de l'infidèle; aucun roi n'eût exprimé sa passion à son esclave en termes aussi brûlants que ceux dont use Pyrrhus. Andromaque, en dépit de son intacte dignité de souveraine vaincue, mais non déchue — *non humilis mulier*, disait Horace en parlant de Cléopâtre —, Oreste et Pyrrhus, ces mendiants d'amour, tous ont lu des romans précieux[1]; tous savent qu'il serait malséant de parler d'amour sans utiliser le vocabulaire et les tournures en usage à l'hôtel de Rambouillet. Sévère n'était-il pas un habitué du « cercle », et Polyeucte lui-même n'avouait-il pas son amour pour Pauline en disant que « sur [ses] pareils, un bel œil est bien fort »? Dans les romans précieux, Racine avait appris que la femme est souveraine et que l'homme de bonne compagnie n'a été créé que pour mettre à ses pieds la part du monde dont chacun dispose. Cette préciosité de bon ton était si naturelle alors, qu'un tragique eût choqué la vraisemblance s'il n'en avait pas doté ses personnages. Pour un spectateur de 1667, Pyrrhus et Oreste étaient conformes à la vérité humaine. La trop directe Hermione choquait un peu, mais sa jeunesse, sa passion et ses malheurs lui valaient quelque indulgence. Romanesques sont les actions finales qui constituent la catastrophe : un assassinat ordonné par la jalousie, une mort par désespoir d'amour, une plongée dans la folie par excès de malheur. Ce serait un dénouement de mélodrame s'il n'y avait le génie de Racine et le prestige de ces héros légendaires qui baignent dans une lumière sacrée.

Une tragédie racinienne. Demeurant à peu près conformes à leurs modèles antiques tout en ayant les mœurs et le langage de Lauzun et de Mme de Lafayette —, Andromaque, Hermione, Pyrrhus et Oreste sont surtout des personnages raciniens dont la parenté avec Phèdre, Athalie ou Néron est évidente. Astyanax lui-même a pu être considéré, sans trop d'exagération, bien qu'il n'apparaisse pas sur la scène, comme une préfiguration d'Éliacin.

1. Racine le nie (première préface, p. 29, l. 36), mais avec ironie.

Ces « paliers » d'attente que nous avons signalés (p. 23) aident à comprendre, à sentir la vérité nuancée du héros racinien. Quand un héros cornélien entre en conflit avec ses passions, si serrée et si émouvante que soit la lucide discussion, on sait d'avance quelle sera la décision finale. L'action n'est pas suspendue puisque, paradoxalement, bien que les obstacles soient extérieurs, c'est la force intérieure du héros, canalisée par la raison, qui mène le jeu. Conçu à Port-Royal, le héros racinien ne sait jamais s'il appartient au petit nombre des élus ou, sort effroyable, est inscrit d'avance, comme Oreste, dans la légion des damnés; il a donc beau faire, les événements le conduisent. Il ignore, et nous ignorons avec lui, ce que le sort lui réserve. Aussi assistons-nous à un perpétuel va-et-vient de l'âme qui se confronte avec le monde. Dans *Andromaque,* il n'y a qu'un « obstacle », au sens cornélien du terme : l'arrivée d'Oreste. Tout le reste est conflit d'âmes et rebondissements psychologiques; tout part d'Andromaque pour revenir à Andromaque. Elle n'a décidé que sa propre mort; mais le jeu des passions fait d'elle la seule responsable de la mort de Pyrrhus. En peignant ses personnages lucides mais sans confiance en eux-mêmes, Racine savait ce qu'il faisait : le drame où il les plonge provoque la terreur; leur impuissance dont (comme Oreste et parfois Pyrrhus) ils sont les témoins désespérés inspire la pitié.

Lorsqu'il a reconnu, avec une étrange humilité, que Corneille faisait des vers « cent fois plus beaux » que les siens, Racine a indiqué ce qu'il ne recherchait pas. Lorsqu'il a écrit, dans la préface de *Bérénice :* « Il faut que tout s'y ressente de cette tristesse majestueuse qui fait tout le plaisir de la tragédie », il a marqué ce qu'il voulait faire. « La vérité par la simplicité, la beauté par la vérité » serait une définition possible, parmi beaucoup d'autres, de son génie. « Des périodes oratoires, des comparaisons poétiques détonneraient dans la bouche des héros raciniens, et pourraient devenir ridicules. Racine ne l'oublie jamais : les phrases qu'il met dans la bouche des Grecs du temps d'Homère sont toujours, pour ses auditeurs, vraisemblables. Racine sait aussi, quoique le vocabulaire et les effets de style soient limités par un souci de vraisemblance, donner à ses récits une grande variété » (Ch. Bruneau). Chacun parle le langage qui lui convient : Pylade parle tantôt en ambassadeur, tantôt en ami fidèle; Pyrrhus en amoureux plus souvent qu'en roi; Oreste en victime désignée par la fatalité dont l'amour n'est qu'une des multiples formes; Hermione en princesse impérieuse et passionnée. Mais que nous sommes loin d'un banal réalisme! M. Marcel Arland l'a fort bien dit (*les Échanges*, 1946, p. 66) : « Racine a su pleinement célébrer quelques-uns des mystères où les hommes retrouvent enfin, portées par le chant jusqu'à la dignité de la légende et par là-même expliquées et justifiées, leurs médiocres aventures individuelles. Son œuvre, comme celle de tout grand poète, mais peut-être avant tous les autres en France, est un lieu de rencontre entre l'homme et ses divinités. »

SCHÉMA DE LA TRAGÉDIE

ACTE I	SC. 1	Séparés par une tempête, Oreste et Pylade se retrouvent en Épire, à la cour de Pyrrhus, fils d'Achille : au nom des Grecs Oreste vient lui réclamer Astyanax, fils d'Hector et d'Andromaque, elle-même captive du roi d'Épire. Épris d'Andromaque, celui-ci délaisse sa fiancée Hermione; et, comme Oreste aime la princesse, il espère en secret que Pyrrhus va refuser de livrer Astyanax et laisser partir Hermione.	**Intervention d'Oreste**
	2	Pyrrhus repousse la requête d'Oreste puis, devant son confident Phœnix, il	
	3	souhaite qu'Oreste remmène Hermione.	
	4	Après avoir annoncé à Andromaque la menace qui pèse sur son fils, Pyrrhus fait état du refus qu'il a opposé à Oreste, mais demande en échange à Andromaque d'accepter de l'épouser. Elle refuse, il devient menaçant.	**Pyrrhus propose à Andromaque un marché**
ACTE II	SC. 1	Devant sa confidente Cléone, Hermione exprime son dépit à l'idée qu'Oreste va la voir humiliée. Cléone l'incite à bien recevoir le jeune prince et à partir avec lui. Elle refuse, espérant que Pyrrhus lui reviendra.	
	2	Oreste déclare son amour à Hermione et lui annonce que Pyrrhus refuse de livrer Astyanax. Elle manifeste de la colère mais atteste sa fidélité au roi, puis elle prie Oreste de faire une dernière tentative.	
	3	Sûr de la réponse du roi, Oreste se réjouit.	
	4	Pyrrhus annonce son revirement : il livre	**Revirement de Pyrrhus**
	5	Astyanax et épouse Hermione. Fier de sa victoire sur lui-même, il se propose d'aller braver Andromaque. Lucidement, Phœnix le met en garde.	

ACTE III SC. 1 Oreste projette d'enlever Hermione. Pylade essaye de l'en dissuader, mais il l'aidera, par amitié.
2 Hermione, qui triomphe, voudrait faire
3 souffrir Oreste. Elle laisse éclater sa joie devant sa confidente.
4 Andromaque vient supplier Hermione de sauver Astyanax; Hermione la repousse.
5 Confidente d'Andromaque, Céphise l'encourage à suivre les conseils ironiques d'Hermione en acceptant de rencontrer Pyrrhus.
6 Andromaque supplie Pyrrhus de lui **Ultimatum de**
7 garder un fils. Il renouvelle son ultima- **Pyrrhus**
8 tum. Elle décide d'aller se recueillir sur le tombeau d'Hector.

ACTE IV SC. 1 Andromaque a pris sa décision : elle **Dénouement :**
épousera Pyrrhus, mais se tuera aussitôt après la cérémonie; Céphise veillera sur Astyanax. I
2 Par son silence, Hermione inquiète
3 Cléone, puis elle réclame Oreste et, comme preuve d'amour, lui demande de
4 tuer Pyrrhus. Vainement, Cléone tente de montrer à Hermione son imprudence.
5 Avant son mariage avec Andromaque, Pyrrhus veut se justifier auprès d'Hermione : il ne l'a jamais aimée. Elle lui crie
6 sa propre passion, le menace. Phœnix prend peur, mais Pyrrhus reste indifférent.

ACTE V SC. 1 Hermione se demande si elle veut ou non
2 la mort de Pyrrhus. Cléone, en lui racontant la cérémonie du mariage, excite sa colère. II
3 Oreste vient chercher sa récompense — la main d'Hermione — en annonçant comment il a fait tuer Pyrrhus. Furieuse, elle le chasse.
4 Il exhale son désarroi et, quand Pylade III
5 lui annonce le suicide d'Hermione, il IV
devient fou.

UNE TRAGÉDIE RÉGULIÈRE

« QU'EN UN JOUR...

...j'ai moi-même, en un jour,
sacrifié mon sang, ma haine et mon amour.
(v. 1123-1124)

Mais HIER,
guerre de Troie :
dix ans de misère.
(v. 873)

Et DEMAIN,
Astyanax reconnu
roi des Troyens.
(v. 1512)

...EN UN LIEU... :

BUTHROTE

Mais TROIE en flammes dans la mémoire d'Andromaque : *Songe, songe, Céphise, à cette nuit cruelle...*
(v. 997)

Et TROIE renaissante dans l'imagination d'Andromaque : *venger Troie.*
(v. 1592)

...UN SEUL FAIT ACCOMPLI »

Le couple ANDROMAQUE — HECTOR représenté par Astyanax (toujours invisible et toujours présent) triomphe de :

PYRRHUS :
Il expire...
(v. 1495-1520)

HERMIONE
Elle meurt?...
(v. 1604-1612)

ORESTE
Il perd le sentiment
(v. 1645)

Ainsi la morale est sauve : les passionnés reçoivent leur châtiment, et Nicole eut grand tort de voir, dans tout auteur dramatique (cf. p. 9), « un empoisonneur public, non des corps mais des âmes des fidèles ».

LE CYCLE INFERNAL

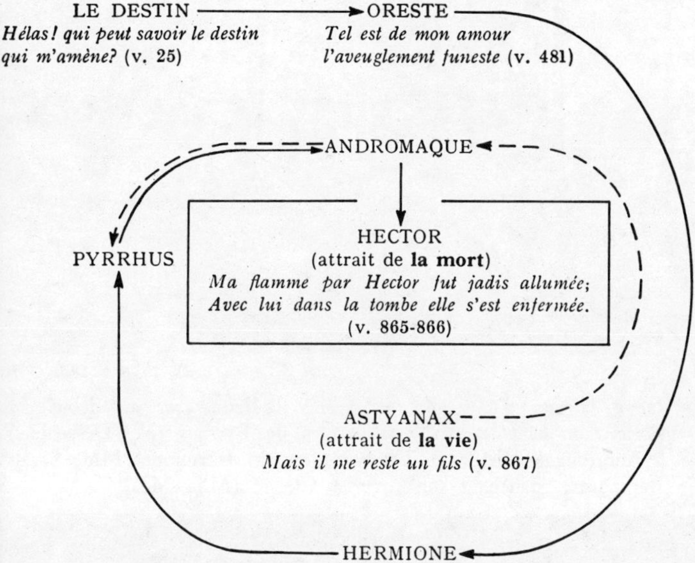

LE QUADRILLE TRAGIQUE

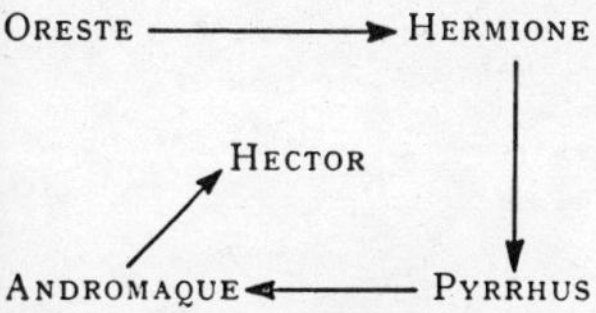

Figure principale : **la fatalité**

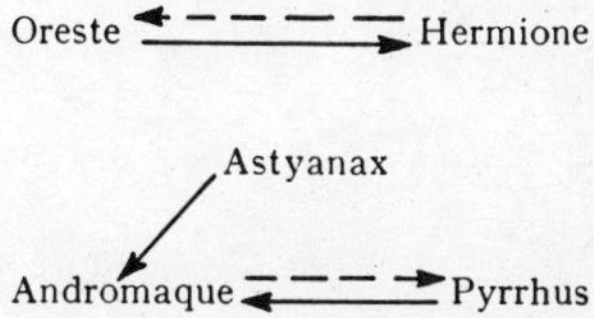

Figure complémentaire : **le salut**

Bibl. de l'Arsenal, Paris. 2 Ph. Michel Didier © Photeb

Deux extraits d'une mise en scène d'*Andromaque* au début du siècle : en haut les dernières paroles de Pyrrhus (M. Desjardins) à Andromaque (Mlle B. Dufrène); en bas Hermione (Mme Sarah Bernhardt) épanchant son cœur à Cléone (Mlle Méa).

A MADAME

MADAME[1],

Ce n'est pas sans sujet que je mets votre illustre nom à la tête de cet ouvrage. Et de quel autre nom pourrais-je éblouir les yeux de mes lecteurs, que de celui dont mes spectateurs ont été si heureusement éblouis? On savait que VOTRE ALTESSE ROYALE avait daigné prendre soin de la conduite[2] de ma tragédie. On savait que vous m'aviez prêté quelques-unes de vos lumières pour y ajouter de nouveaux ornements. On savait enfin que vous l'aviez honorée de quelques larmes dès la première lecture que je vous en fis. Pardonnez-moi, MADAME, si j'ose me vanter de cet heureux commencement de sa destinée. Il me console bien glorieusement de la dureté de ceux qui ne voudraient pas s'en[3] laisser toucher. Je leur permets de condamner l'*Andromaque* tant qu'ils voudront, pourvu qu'il me soit permis d'appeler de toutes les subtilités de leur esprit au cœur de V. A. R.[4]

Mais, MADAME, ce n'est pas seulement du cœur[5] que vous jugez de la bonté d'un ouvrage, c'est avec une intelligence qu'aucune fausse lueur ne saurait tromper. Pouvons-nous mettre sur la scène une histoire que vous ne possédiez aussi bien que nous? Pouvons-nous faire jouer une intrigue dont vous ne pénétriez tous les ressorts? Et pouvons-nous concevoir des sentiments si nobles et si délicats qui ne soient infiniment au-dessous de la noblesse et de la délicatesse de vos pensées?

On sait, MADAME, et V. A. R. a beau s'en cacher, que dans ce haut degré de gloire où la nature et la fortune ont pris plaisir de[6] vous élever, vous ne dédaignez pas cette gloire obscure[7] que les gens de lettres s'étaient réservée. Et il semble que vous ayez voulu avoir autant d'avantage sur notre sexe par les connaissances et par la solidité de votre esprit, que vous excellez dans le vôtre par toutes les grâces qui vous environnent. La cour vous regarde comme l'arbitre de tout ce qui se fait d'agréable. Et nous, qui travaillons pour plaire au public, nous n'avons plus que faire de demander aux savants si nous travaillons selon les règles. La règle souveraine est de plaire à V. A. R.[8].

---

1. Épouse de *Monsieur* (Philippe d'Orléans), frère du roi, Henriette-Anne d'Angleterre était la fille de Charles Ier d'Angleterre et d'Henriette de France, elle-même fille de Henri IV. « *Madame est morte* » en 1670, âgée de vingt-six ans. — 2. Direction générale. — 3. Par cette destinée. — 4. Racine fait confiance à l'intuition (au *cœur*) de la princesse. — 5. Avec le cœur. — 6. Nous dirions : ont pris plaisir à... — 7. Alliance de mots hardie, comme nous en trouverons un certain nombre dans la pièce. — 8. A la fameuse règle des unités Racine oppose la règle des règles, qui est de plaire *à un petit nombre de gens de bien* (expression de Vaugelas); Bossuet a reconnu ce même goût à Madame.

Voilà sans doute la moindre de vos excellentes qualités. Mais, MADAME, c'est la seule dont j'ai pu parler avec quelque connaissance : les autres sont trop élevées au-dessus de moi. Je n'en puis parler sans les rabaisser par la faiblesse de mes pensées, et sans sortir de la profonde vénération avec laquelle je suis,

MADAME,

De VOTRE ALTESSE ROYALE

Le très humble, très obéissant
et très fidèle serviteur,

RACINE.

PREMIÈRE PRÉFACE

VIRGILE
AU TROISIÈME LIVRE
DE L'*ÉNÉIDE*[1]

C'est Énée qui parle.

Littoraque Epiri legimus, portuque subimus
Chaonio, et celsam Buthroti ascendimus urbem...
Solemnes tum forte dapes et tristia dona...
Libabat cineri Andromache, Manesque vocabat
Hectoreum ad tumulum, viridi quem cespite inanem,
Et geminas, causam lacrymis, sacraverat aras...
Dejecit vultum, et demissa voce locuta est :
« O felix una ante alias Priameia virgo,
Hostilem ad tumulum, Trojæ sub mœnibus altis,
Jussa mori! quæ sortitus non pertulit ullos,
Nec victoris heri tetigit captiva cubile.

1. III, v. 292-332 : « Nous longeons les côtes de l'Épire et, entrés dans le port de Chaonie, nous nous dirigeons vers la haute ville de Buthrote [...] Andromaque offrait à la cendre d'Hector les mets accoutumés et les présents funèbres, et elle invoquait les Mânes devant un cénotaphe de vert gazon et deux autels consacrés pour le pleurer toujours. Elle baisse les yeux et la voix et me dit : « Heureuse avant toutes la fille de Priam, condamnée à mourir sur le tombeau d'un ennemi, devant les hauts murs de Troie : elle n'a pas eu à subir le tirage au sort, et n'a pas touché, en captive, le lit d'un vainqueur et d'un maître. Nous, des cendres de notre patrie traînées sur toutes les mers, nous avons enduré l'orgueil du fils d'Achille et son insolente jeunesse et nous avons enfanté dans la servitude [...] Puis, lorsqu'il a suivi la petite fille de Léda, Hermione, et qu'il a rêvé d'un hymen lacédémonien [...] Mais, enflammé d'amour pour la femme qui lui était ravie et harcelé par les Furies de son parricide, Oreste le surprend devant l'autel d'Achille et l'égorge à l'improviste. »
(Traduction de A. Bellessort, *les Belles Lettres.*)

Nos, patria incensa, diversa per æquora vectæ,
Stirpis Achilleæ fastus, juvenemque superbum,
Servitio enixæ, tulimus, qui deinde secutus
Ledæam Hermionem, Lacedæmoniosque hymenæos...
Ast illum, ereptæ magno inflammatus amore
Conjugis, et scelerum Furiis agitatus, Orestes
Excipit incautum, patriasque obtruncat ad aras. »

Voilà, en peu de vers, tout le sujet de cette tragédie. Voilà le lieu de la scène, l'action qui s'y passe, les quatre principaux acteurs, et même leurs caractères. Excepté celui d'Hermione, dont la jalousie et les emportements sont assez marqués dans l'*Andromaque* d'Euripide.

Mais véritablement mes personnages sont si fameux dans l'antiquité, que pour peu qu'on la connaisse, on verra fort bien que je les ai rendus tels que les anciens poètes nous les ont donnés. Aussi n'ai-je pas pensé qu'il me fût permis de rien changer à leurs mœurs[1]. Toute la liberté que j'ai prise, ç'a été d'adoucir un peu la férocité de Pyrrhus, que Sénèque, dans sa *Troade*, et Virgile, dans le second[2] de l'*Énéide*, ont poussée beaucoup plus loin que je n'ai cru le devoir faire.

Encore s'est-il trouvé des gens qui se sont plaints qu'il s'emportât contre Andromaque, et qu'il voulût épouser cette captive à quelque prix que ce fût[3]. J'avoue qu'il n'est pas assez résigné à la volonté de sa maîtresse et que Céladon[4] a mieux connu que lui le parfait amour. Mais que faire? Pyrrhus n'avait pas lu nos romans. Il était violent de son naturel. Et tous les héros ne sont pas faits pour être des Céladons.

Quoi qu'il en soit, le public m'a été trop favorable pour m'embarrasser[5] du chagrin particulier de deux ou trois personnes qui voudraient qu'on réformât tous les héros de l'antiquité pour en faire des héros parfaits. Je trouve leur intention fort bonne de vouloir qu'on ne mette sur la scène que des hommes impeccables[6]. Mais je les prie de se souvenir que ce n'est pas à moi de changer les règles du théâtre. Horace nous recommande de dépeindre Achille farouche, inexorable, violent, tel qu'il était, et tel qu'on dépeint son fils.

---

1. Remarque intéressante, si l'on veut bien se souvenir qu'au XVIIe siècle le souci de la couleur locale n'était pas poussé aussi loin que de nos jours ou même qu'à l'époque romantique. — 2. Le second Livre; Racine emploie ici une tournure latine. — 3. Le personnage de Pyrrhus a été très discuté. Louis Racine rapporte : « Les critiques les plus sérieuses contre cette pièce tombèrent sur le personnage de Pyrrhus, qui parut au grand Condé trop violent et trop emporté, et que d'autres accusèrent d'être un malhonnête homme, parce qu'il manque de parole à Hermione. » — 4. Personnage de l'*Astrée*, type du héros précieux et fadement galant. — 5. Pour que je m'embarrasse. — 6. Des hommes qui ne soient pas susceptibles de commettre une faute.

Et Aristote, bien éloigné de nous demander des héros parfaits, veut au contraire que les personnages tragiques, c'est-à-dire ceux dont le malheur fait la catastrophe de la tragédie, ne soient ni tout à fait bons, ni tout à fait méchants[1]. Il ne veut pas qu'ils soient extrêmement bons, parce que la punition d'un homme de bien exciterait plutôt l'indignation que la pitié du spectateur; ni qu'ils soient méchants avec excès, parce qu'on n'a point pitié d'un scélérat. Il faut donc qu'ils aient une bonté médiocre[2], c'est-à-dire une vertu capable de faiblesse, et qu'ils tombent dans le malheur par quelque faute qui les fasse plaindre sans les faire détester.

SECONDE PRÉFACE[3]

[...] C'est presque la seule chose que j'emprunte ici de[4] cet auteur. Car, quoique ma tragédie porte le même nom que la sienne, le sujet en est pourtant très différent. Andromaque, dans Euripide, craint pour la vie de Molossus[5], qui est un fils qu'elle a eu de Pyrrhus et qu'Hermione veut faire mourir avec sa mère. Mais ici il ne s'agit point de Molossus. Andromaque ne connaît point d'autre mari qu'Hector, ni d'autre fils qu'Astyanax. J'ai cru en cela me conformer à l'idée que nous avons maintenant de cette princesse. La plupart de ceux qui ont entendu parler d'Andromaque, ne la connaissent guère que pour la veuve d'Hector et pour la mère d'Astyanax. On ne croit point qu'elle doive aimer ni un autre mari, ni un autre fils. Et je doute que les larmes d'Andromaque eussent fait sur l'esprit de mes spectateurs l'impression qu'elles y ont faite, si elles avaient coulé pour un autre fils que celui qu'elle avait d'Hector.

Il est vrai que j'ai été obligé de faire vivre Astyanax un peu plus qu'il n'a vécu; mais j'écris dans un pays où cette liberté ne pouvait pas être mal reçue. Car, sans parler de Ronsard[6] qui a choisi ce même Astyanax pour le héros de sa *Franciade*[7], qui ne sait que l'on fait

1. Aristote, *Poétique*, XIII : « Que le personnage [...] ne soit ni trop vertueux, ni trop juste, et qu'il devienne malheureux, non à cause d'un crime ou d'une méchanceté noire, mais à cause de quelque faute. » C'est encore une règle du classicisme que l'honnête homme est celui qui, en tout, tient le juste milieu. Cf. le Philinte de Molière. — 2. Sens étymologique (*médius*) : à mi-chemin entre le bien et le mal. — 3. On y trouve d'abord les 18 vers de l'*Énéide* et le paragraphe de cinq lignes qui commence la première préface (voir p. 28). — 4. La préposition *de* est d'un emploi logique, puisqu'elle marque la provenance. *Emprunte* a en effet ici le sens de : tire de. — 5. Ce personnage n'est pas autrement connu; il donna son nom au peuple des Molosses, qui auraient été amenés de Thessalie en Épire par lui ou par Pyrrhus. — 6. Racine prend simplement une précaution à l'égard des esprits pointilleux en rappelant d'illustres précédents. — 7. Ce poème épique, qui ne dépassa pas les quatre premiers livres, parut en 1572.

descendre nos anciens rois de ce fils d'Hector, et que nos vieilles chroniques[1] sauvent la vie à ce jeune prince, après la désolation de son pays, pour en faire le fondateur de notre monarchie?

Combien Euripide a-t-il été plus hardi dans sa tragédie d'*Hélène!* Il y choque ouvertement la créance[2] commune de toute la Grèce. Il suppose qu'Hélène n'a jamais mis le pied dans Troie; et qu'après l'embrasement de cette ville, Ménélas trouve sa femme en Égypte, dont[3] elle n'étoit point partie. Tout cela fondé sur une opinion qui n'étoit reçue que parmi les Égyptiens, comme on peut le voir dans Hérodote[4].

Je ne crois pas que j'eusse besoin de cet exemple d'Euripide pour justifier le peu de liberté que j'ai prise. Car il y a bien de la différence entre détruire le principal fondement d'une fable et en altérer quelques incidents, qui changent presque de face dans toutes les mains qui les traitent. Ainsi Achille, selon la plupart des poètes, ne peut être blessé qu'au talon, quoique Homère le fasse blesser au bras[5] et ne le croie invulnérable en aucune partie de son corps. Ainsi Sophocle fait mourir Jocaste[6] aussitôt après la reconnaissance d'Œdipe, tout au contraire d'Euripide, qui la fait vivre jusqu'au combat et à la mort de ses deux fils[7]. Et c'est à propos de quelque contrariété[8] de cette nature qu'un ancien commentateur de Sophocle remarque fort bien[9], *qu'il ne faut point s'amuser à chicaner les poètes pour quelques changements qu'ils ont pu faire dans la fable; mais qu'il faut s'attacher à considérer l'excellent usage qu'ils ont fait de ces changements, et la manière ingénieuse dont ils ont su accommoder la fable à leur sujet.*

---

1. Astyanax et Francus n'auraient représenté qu'un seul et même personnage d'après les *Chroniques de Saint-Denis, depuis les Troyens jusqu'à la mort de Charles VII* (1476). — 2. Croyance. — 3. D'où (latin *de unde*). — 4. Hérodote, *Histoires*, II, chapitres 113-115. — 5. Selon la tradition, Achille eût été vulnérable au talon, parce que c'est par le talon que l'avait tenu sa mère Thétis pour le plonger dans les eaux d'immortalité du Styx. — 6. Dans *Œdipe-Roi*. Jocaste était la mère d'Œdipe, qu'il épousa sans savoir qui elle était. — 7. Étéocle et Polynice, dans les *Phéniciennes*. — 8. Contradiction. — 9. En note, Racine donne cette référence : Sophocli, *Electra*. En fait, il s'agirait, d'après Paul Mesnard, de Camerarius, philologue allemand du XVIe siècle; Paul Estienne publia son commentaire en 1603 dans l'édition de Sophocle. Mais, selon M. Raymond Picard (éd. de la Pléiade, 1960, I, p. 1102), « Racine traduit moins Camerarius, comme l'a cru Mesnard, qu'il ne s'inspire du scoliaste grec, et de l'annotation que la scolie lui a suggérée. »

- **Les deux préfaces** — La première est polémique. Racine s'efforce de répondre à ses détracteurs : les uns trouvaient Pyrrhus trop tendre, les autres trop cruel; il ne répond qu'aux seconds.
Dans la seconde, Racine indique ses sources et justifie la psychologie de ses personnages.

- **Racine et Aristote** — Voici la traduction de la *Poétique* d'Aristote faite par Racine en 1666, sans doute, et publiée par Eugène Vinaver dans *Principes de la tragédie* (1944); les passages entre parenthèses sont des annotations ou des amplifications :
« Puis donc qu'il faut que la constitution d'une excellente tragédie soit non pas simple, mais (composée et pour ainsi dire) nouée, et qu'elle soit une **imitation de choses terribles et dignes de compassion,** car c'est là le propre de la tragédie, il est clair premièrement qu'**il ne faut point** introduire des hommes vertueux qui tombent du bonheur dans le malheur, car cela ne serait ni terrible ni digne de compassion, mais bien cela serait détestable (et digne d'indignation).
» **Il ne faut pas** non plus (introduire) un méchant homme qui, de malheureux qu'il était, devienne heureux. Car il n'y a rien de plus opposé au but de la tragédie, cela ne produisant aucun des effets qu'elle doit produire, c'est-à-dire qu'il n'y a rien en cela (de naturel ou) d'agréable à l'homme, rien qui excite la terreur ni qui émeuve la compassion.
» **Il ne faut pas** non plus qu'un très méchant homme tombe du bonheur dans le malheur. Car il y a bien en cela quelque chose (de juste et) de naturel, mais cela ne peut exciter ni pitié ni crainte; car on n'a pitié que d'un malheureux qui ne mérite point son malheur, et on ne craint que pour ses semblables. Ainsi cet événement ne sera ni terrible, ni digne de compassion.
» **Il faut** donc que ce soit un homme qui soit entre les deux, c'est-à-dire qui ne soit point extrêmement juste et vertueux, et qui ne mérite point aussi son malheur par (un excès de) méchanceté et (d') injustice. Mais il faut que ce soit un homme qui, par sa faute, devienne malheureux et (tombe) d'une grande félicité et d'un rang très considérable (dans une grande misère); comme Œdipe, Thyeste, et d'autres personnages illustres de ces sortes de familles. »
① Commentez cette remarque de M. R. Picard à propos des *Préfaces* (*op. cit.* ,I, p. 1102) : « Après avoir affirmé tant de fois la nécessité d'être fidèle à l'Histoire et à la Fable, Racine en 1676 apporte des tempéraments à cette fidélité. Si l'on ne peut détruire le *principal fondement*, on a du moins le droit *d'altérer quelques incidents*. Racine s'avise soudain que les Anciens ne s'en sont pas fait faute. Mais surtout il pose que la *bienséance* consiste non pas à se soumettre à la réalité en quelque sorte scientifique de l'histoire, mais à ne pas choquer l'opinion générale des contemporains (même si elle est fausse) [...] C'est donner le pas à la *crédibilité* sur la *vérité* [...] Il proclamait sa fidélité à l'histoire, mais en réalité il ne l'utilisait — tout en essayant de ne pas choquer les connaissances historiques de ses spectateurs — qu'en tant qu'elle pouvait servir dramatiquement le sujet traité. »

2 Ph. © Bernand - Photeb.

Deux mises en scène des années 60 : celle de Jean Danet (1960, Théâtre de l'Alliance Française) et celle de Pierre Dux (1964, Comédie-Française).

DISTRIBUTION

LES PERSONNAGES	*LES ACTEURS*
ANDROMAQUE, veuve d'Hector, captive de Pyrrhus.	*Thérèse Du Parc,* née vers 1633, veuve de René Berthelot, dit Du Parc, depuis le 4 novembre 1664.
PYRRHUS, fils d'Achille, roi d'Épire.	*Floridor,* chef de troupe (de son vrai nom X. Josias de Soulas, gentilhomme protestant), 1600-1672.
ORESTE, fils d'Agamemnon.	*Montfleury,* (de son vrai nom Zacharie Jacob), né vers 1600.
HERMIONE, fille d'Hélène, accordée avec Pyrrhus.	*Mlle des Oeillets,* venue du Marais en 1662, née en 1621.
PYLADE, ami d'Oreste.	
CLÉONE, confidente d'Hermione.	
CÉPHISE, confidente d'Andromaque.	
PHŒNIX, gouverneur d'Achille et ensuite de Pyrrhus.	*Hauteroche* vraisemblablement (de son vrai nom Noël le Breton); né de bonne famille vers 1630, orateur de la troupe [1].
SUITE D'ORESTE.	

La scène est à Buthrote, ville d'Épire, dans une salle du palais de Pyrrhus.

DÉCOR. « Le décor même d'*Andromaque* témoigne de cette hantise marine [allusion aux v. 790-792]; c'est non le *Palais à volonté,* triste uniforme où va s'engoncer la tragédie, mais une colonnade blanche qui se profile contre une mer couverte de vaisseaux (décor de 1680 d'après le *Mémoire* de Mahelot, publ. par Champion en 1920) » (Butler, *Classicisme et Baroque dans l'œuvre de Racine*, p. 131-132).

1. On rectifiera l'âge des acteurs donné par J.-L. Barrault, p. 13.

ANDROMAQUE

TRAGÉDIE
REPRÉSENTÉE POUR LA PREMIÈRE FOIS
DANS L'APPARTEMENT DE LA REINE
LE 17e DU MOIS DE NOVEMBRE 1667
PAR
LES COMÉDIENS DE L'HOTEL DE BOURGOGNE

ACTE PREMIER

Scène première. — ORESTE, PYLADE.

ORESTE. — Oui[1], puisque je retrouve un ami si fidèle,
Ma fortune[2] va prendre une face nouvelle;
Et déjà son courroux semble s'être adouci,
Depuis qu'elle a pris soin de nous rejoindre[3] ici.
Qui l'[4]eût dit, qu'un rivage à mes vœux si funeste
Présenterait d'abord Pylade aux yeux d'Oreste?
Qu'après plus de six mois que je t'avais perdu,
A la cour de Pyrrhus tu me serais rendu?

PYLADE. — J'en rends grâces au Ciel, qui, m'arrêtant sans cesse,
Semblait m'avoir fermé le chemin de la Grèce,
Depuis le jour fatal que[5] la fureur des eaux
Presque aux yeux de l'Épire[6] écarta nos vaisseaux[7].
Combien dans cet exil ai-je souffert d'alarmes!
Combien à vos malheurs ai-je donné de larmes,
Craignant toujours pour vous quelque nouveau danger
Que ma triste amitié ne pouvait partager!
Surtout je redoutais cette mélancolie[8]
Où[9] j'ai vu si longtemps votre âme ensevelie.
Je craignais que le Ciel, par un cruel secours,
Ne vous offrît la mort que vous cherchiez toujours.

---

1. Début brusque, souvent employé par Racine. — 2. Mot important dans la bouche d'Oreste : destin — 3. Réunir. — 4. Le pronom personnel neutre annonce souvent, au XVIIe siècle, une proposition subordonnée qui va suivre. — 5. La langue classique utilisait ces formes : *au moment que, du côté que...* — 6. Ainsi est recréée l'atmosphère de la guerre de Troie. — 7. Sépara les vaisseaux d'Oreste et de Pylade. — 8. Le sens est beaucoup plus fort qu'aujourd'hui : « On regardait la mélancolie comme capable de produire les affections, les maladies hypocondriaques » (Littré). — 9. *Où* remplaçant *lequel* précédé d'une préposition est jugé plus élégant par Vaugelas.

Mais je vous vois, Seigneur; et, si j'ose le dire,
Un destin plus heureux vous conduit en Épire :
Le pompeux appareil[1] qui suit ici vos pas
N'est point d'un malheureux qui cherche le trépas.

ORESTE. Hélas ! qui peut savoir le destin qui m'amène?
L'amour me fait ici chercher une inhumaine[2],
Mais qui sait ce qu'il[3] doit ordonner de mon sort,
Et si je viens chercher ou la vie ou la mort?

PYLADE. — Quoi ! votre âme à l'amour en esclave asservie
Se repose sur lui du soin de votre vie?
Par quel charme[4], oubliant tant de tourments soufferts[5],
Pouvez-vous consentir à rentrer dans ses fers?
Pensez-vous qu'Hermione, à Sparte inexorable,
Vous prépare en Épire un sort plus favorable?
Honteux d'avoir poussé[6] tant de vœux superflus,
Vous l'abhorriez; enfin[7], vous ne m'en parliez plus.
Vous me trompiez, Seigneur.

ORESTE. — Je me trompais moi-même.
Ami, n'accable[8] point un malheureux qui t'aime.
T'ai-je jamais caché mon cœur et mes désirs?
Tu vis naître ma flamme[9] et mes premiers soupirs.
Enfin, quand Ménélas disposa de sa fille
En faveur de Pyrrhus, vengeur de sa famille,
Tu vis mon désespoir; et tu m'as vu depuis
Traîner de mers en mers ma chaîne et mes ennuis[10].
Je te vis à regret, en cet état funeste,
Prêt à suivre partout le déplorable[11] Oreste,
Toujours de ma fureur[12] interrompre le cours,
Et de moi-même enfin me sauver tous les jours.
Mais quand je me souvins que, parmi tant d'alarmes,
Hermione à Pyrrhus prodiguait tous ses charmes[13],
Tu sais de quel courroux mon cœur alors épris[14]
Voulut en l'oubliant punir tous ses mépris[15].

1. La magnificence attachée aux fonctions d'ambassadeur. — 2. Mot précieux, fréquent chez Racine. — 3. Le destin, et non l'amour. — 4. Sens fort : enchantement magique. — 5. Construction latine du participe passé : *Sicilia amissa angebat Hamilcarem*. Tournure très fréquente au XVIIe siècle. — 6. Cf. Molière, *Tartuffe*, I, 5 : « ...l'ardeur dont au *Ciel il poussait sa prière* ». — 7. Pour conclure;mais le mot marque ici davantage une transition qu'une conclusion. — 8. Var. 1668-73 : « Ami, n'*insulte* point... — 9. Vocab. précieux (voir les v. 26, 29, 32). — 10. Violent chagrin (latin *in odium :* qui entraîne dans la haine). — 11. Dont on doit déplorer le sort, d'où : pitoyable. — 12. Latin *furor :* sorte de folie sacrée. — 13. Voir le v. 31. — 14. S'éprendre : « se laisser entraîner par quelque passion » (Littré); il peut donc s'agir de n'importe quel sentiment. — 15. Var. 1668-73 : « Voulut en l'oubliant *venger* tous ses mépris. » Subligny avait critiqué le mot *venger* qu'il considérait comme un contre-sens.

Je fis croire et je crus ma victoire certaine;
Je pris tous mes transports pour des transports de haine;
Détestant ses rigueurs, rabaissant ses attraits,
Je défiais ses yeux de me troubler jamais.
Voilà comme[1] je crus étouffer ma tendresse.
En ce calme trompeur j'arrivai dans la Grèce,
Et je trouvai d'abord ses princes rassemblés,
Qu'un péril assez grand semblait avoir troublés.
J'y courus. Je pensais que la guerre et la gloire[2]
De soins[3] plus importants rempliraient ma mémoire;
Que, mes sens reprenant leur première vigueur,
L'amour achèverait de sortir de mon cœur.
Mais admire[4] avec moi le sort dont la poursuite
Me fait courir[5] alors au piège que j'évite.
J'entends de tous côtés qu'on menace Pyrrhus;
Toute la Grèce éclate en murmures confus;
On se plaint qu'oubliant son sang et sa promesse,
Il élève en sa cour l'ennemi de la Grèce,
Astyanax, d'Hector jeune et malheureux fils,
Reste de tant de rois sous Troie ensevelis.

1. Comment. — 2. Sens cornélien : l'honneur. — 3. Soucis graves. — 4. Sens étym. (latin *mirari*) : considère « avec surprise, avec étonnement, une chose qui est extraordinaire en quelque manière que ce soit » (*Dict. de l'Acad.*, 1694). — 5. Var. 1668-73 : « Me fait courir *moi-même* au piège ». Subligny (*la Folle Querelle*, III, 9) demandait : « Ce *moi-même* n'est-il pas une belle cheville? »

- **L'exposition** — Les nœuds essentiels de l'action sont nettement exposés :
  Nous sommes renseignés sur les liens qui unissent les personnages. L'arrivée d'Oreste (voir sur ce point le commentaire de J. Scherer, p. 121), amant d'Hermione, comme ambassadeur, ne peut que déclencher un drame. Les grands traits de son caractère sont esquissés. L'historique des événements permet de comprendre ce que la situation a de trouble. Racine précisera la raison pour laquelle Astyanax est vivant (v. 73 et suiv.) : Pyrrhus aime Andromaque.
  Le dénouement est annoncé sans que le spectateur s'en doute : Oreste, poursuivi par la mort (v. 20), est sans cesse en danger (v. 24, 28, 48).
- **Les caractères** — PYLADE apparaît comme le type de l'ami fidèle; du même rang qu'Oreste, il est plus qu'un confident. Cependant, si Oreste le tutoie (v. 7), Pylade vouvoie Oreste (v. 14) : voir p. 15.

  ① M. Raymond Picard observe (éd. de Racine, I, p. 1102-1103) que, dans les vingt-cinq premiers vers de la pièce, « la plupart des verbes marquant l'action ont pour sujet des forces étrangères à la volonté des héros : *ma fortune, son courroux, un rivage, le ciel* (deux fois), *la fureur des eaux, le destin* (deux fois) et enfin, et surtout, *l'amour.* » Quelle lumière cette observation jette-t-elle sur le caractère d'Oreste et celui de Pyrrhus ?

J'apprends que pour ravir son enfance au supplice
Andromaque trompa l'ingénieux Ulysse[1],
Tandis qu'un autre enfant, arraché de ses bras,
Sous le nom de son fils fut conduit au trépas.
On dit que, peu sensible aux charmes d'Hermione,
Mon rival porte ailleurs son cœur et sa couronne.
Ménélas, sans le croire, en paraît affligé
Et se plaint d'un hymen si longtemps négligé.
Parmi les déplaisirs[2] où[3] son âme se noie,
Il s'élève en la mienne une secrète joie.
Je triomphe; et pourtant je me flatte d'abord
Que la seule[4] vengeance excite ce transport.
Mais l'ingrate en mon cœur reprit bientôt sa place.
De mes feux mal éteints je reconnus la trace[5],
Je sentis que ma haine allait finir son cours,
Ou plutôt je sentis que je l'aimais toujours[6].
Ainsi de tous les Grecs je brigue le suffrage.
On m'envoie à Pyrrhus, j'entreprends ce voyage.
Je viens voir si l'on peut arracher de ses bras
Cet enfant dont la vie alarme tant d'États.
Heureux si je pouvais, dans l'ardeur qui me presse,
Au lieu d'Astyanax lui ravir ma princesse!
Car enfin n'attends pas que mes feux redoublés[7]
Des périls les plus grands puissent être troublés.
Puisqu'après tant d'efforts ma résistance est vaine,
Je me livre en aveugle au destin qui m'entraîne[8].
J'aime; je viens chercher Hermione en ces lieux,
La fléchir, l'enlever, ou mourir à ses yeux.
Toi qui connais Pyrrhus, que penses-tu qu'il fasse?
Dans sa cour, dans son cœur, dis-moi ce qui se passe.
Mon Hermione encor le tient-elle asservi?
Me rendra-t-il, Pylade, un bien qu'il m'a ravi?

PYLADE. Je vous abuserais, si j'osais vous promettre
Qu'entre vos mains, Seigneur, il voulût la remettre :
Non que de sa conquête il paraisse flatté;
Pour la veuve d'Hector ses feux ont éclaté[9];

1. L'Ulysse aux mille ruses de *l'Odyssée*. — 2. Sens fort : angoisses. — 3. Voir le v. 18. — 4. La place de l'adjectif qualificatif est réglée par l'euphonie : au XVIIe siècle, on préférait souvent l'adj. avant le nom. — 5. Cf. Virgile, *Énéide*, IV, 23 : *Agnosco veteris vestigia flammæ* : « Je reconnais les traces d'une ancienne flamme. » — 6. Ces deux vers répondent aux v. 54 et 56. — 7. Le participe équivaut ici à une proposition causale : puisqu'ils sont redoublés. — 8. Var. « Je me livre en aveugle au *transport*... » Racine a préféré un mot de caractère comparable au « Je suis une force qui va » d'Hernani. — 9. L'image manque de cohérence : il faut entendre *éclater* au sens de « se manifester d'une manière qui frappe les yeux, les esprits... » (Littré).

Il l'aime. Mais enfin cette veuve inhumaine
N'a payé jusqu'ici son amour que de haine;
Et chaque jour encor on lui voit tout tenter
Pour fléchir sa captive, ou pour l'épouvanter.
De son fils, qu'il lui cache[1], il menace la tête,
Et fait couler des pleurs, qu'aussitôt il arrête.
Hermione elle-même a vu plus de cent fois
Cet amant irrité revenir sous ses lois,
Et, de ses vœux troublés lui rapportant l'hommage,
Soupirer à ses pieds moins d'amour que de rage.
Ainsi n'attendez pas que l'on puisse aujourd'hui
Vous répondre d'un cœur si peu maître de lui :
Il peut, Seigneur, il peut, dans ce désordre extrême,
Épouser ce qu'il hait et punir[2] ce qu'il aime.

ORESTE. — Mais dis-moi de quel œil Hermione peut voir
Son hymen différé, ses charmes sans pouvoir[3]?

---

1. Précision en apparence sans importance, mais qui prépare, en fait, l'arrivée d'Andromaque à la scène 4. — 2. Var. 1668-87 : « Épouser ce qu'il hait et *perdre* ce qu'il aime. » Subligny avait suggéré la correction. — 3. Var. : « *Ses attraits offensés, et ses yeux* sans pouvoir? » Subligny avait observé : « *De quels yeux* une personne peut voir *ses yeux*... voilà une étrange expression. »

• **L'action** — Dès la fin de cette scène d'exposition, il y a une pause, comme nous en trouverons souvent. Oreste se calme et s'apprête à recevoir Pyrrhus, mais il a quelque espoir dans la diplomatie de Pylade auprès d'Hermione. Néanmoins, le principe du marché est posé (v. 110) et l'on pressent que le répit sera de courte durée (v. 111-12, 139).

• **Les caractères** — PYLADE se montre, dans son amitié, inquiet pour Oreste (il lui dictera ce qu'il faut faire : v. 140). Sa présence à Buthrote explique qu'il soit davantage au courant qu'Oreste. Nous n'avons pas, dans ce confident, un simple dédoublement du personnage principal. ORESTE se montre sous le jour, conforme à l'optique précieuse, d'un amoureux soumis (v. 133-34).
HERMIONE est présentée par un tiers. L'idée que nous nous ferons d'elle sera objective, Pylade n'étant pas intéressé directement à l'affaire. Nous la savons orgueilleuse dans sa dignité (v. 126).
D'ANDROMAQUE nous observons également la dignité, mais une dignité sans orgueil et, de la sorte, beaucoup plus émouvante.

① Étudiez l'art de la préparation chez Racine. Avait-il absolument raison quand il affirmait que, dans la tragédie, il faut « faire quelque chose de rien »? Précisez ce qu'il entendait par « quelque chose » et par « rien ». (Voir plus haut, p. 10.)

PYLADE. Hermione, Seigneur, au moins en apparence,
Semble de son amant[1] dédaigner l'inconstance
Et croit que, trop heureux de fléchir sa rigueur[2],
Il la[3] viendra presser de reprendre son cœur.
Mais je l'ai vue enfin me confier ses larmes :
Elle pleure en secret le mépris de ses charmes.
Toujours prête à partir, et demeurant toujours,
Quelquefois[4] elle appelle Oreste à son secours.

ORESTE. — Ah ! si je le croyais, j'irais bientôt, Pylade,
Me jeter...

PYLADE. — Achevez, Seigneur, votre ambassade.
Vous attendez le Roi. Parlez, et lui montrez[5]
Contre le fils d'Hector tous les Grecs conjurés.
Loin de leur accorder[6] ce fils de sa maîtresse,
Leur haine ne fera qu'irriter[7] sa tendresse.
Plus on les[8] veut brouiller, plus on va les unir.
Pressez, demandez tout, pour ne rien obtenir.
Il vient[9].

ORESTE. — Eh bien ! va donc disposer la cruelle
A revoir un amant[10] qui ne vient que pour elle.

Scène II. — PYRRHUS, ORESTE, PHŒNIX.

ORESTE. — Avant que tous les Grecs vous parlent par ma voix,
Souffrez que j'ose ici me flatter de leur choix[11],
Et qu'à vos yeux, Seigneur[12], je montre quelque joie
De voir le fils d'Achille et le vainqueur de Troie[13].
Oui, comme ses exploits nous admirons vos coups.

1. Sens classique : personne qui aime sans être nécessairement payée de retour. — 2. Var. : « *apaiser* sa rigueur » (celle d'Hermione). Subligny trouva *apaiser* impropre mais, aux XVIIe et XVIIIe siècles, *fléchir* est banal. — 3. « Lorsqu'un verbe à un mode personnel en précédait un autre à l'infinitif sans préposition, l'ancienne langue considérait les deux verbes comme une seule expression et plaçait le pronom devant le premier. » (Haase, *Syntaxe française du XVIIe siècle*). — 4. Noter la discrète franchise de Pylade. — 5. « Lorsque deux impératifs étaient coordonnés par *et, ou, mais*, le pronom précédait le second. Cette construction, très courante encore après le XVIIe siècle, est archaïque aujourd'hui » (Haase, *op. cit.*). — 6. Loin qu'il leur accorde. Contrairement à l'usage actuel, le sujet de la proposition infinitive et celui de la principale ne sont pas les mêmes. — 7. Sens étymologique : exciter. — 8. Voir le v. 128. — 9. Subligny estime que Pyrrhus manque de dignité en allant au devant d'un ambassadeur au lieu de l'attendre. — 10. Voir le v. 126. — 11. Var. « Souffrez que je *me flatte en secret* de leur choix. » Subligny commente : « Cet *en secret* est un beau galimatias. » *En secret* s'opposait au *tous les Grecs* du vers précédent, emprunté à Sénèque (*les Troyennes*, v. 527-528). — 12. Voir le commentaire de Stendhal p. 116. — 13. Avec ces noms opposés *Achille-Troie* commence le jeu des noms propres à contenu dramatique ou psychologique que nous retrouverons.

Hector tomba sous lui, Troie expira sous vous[1];
Et vous avez montré, par une heureuse audace,
Que le fils seul d'Achille a pu remplir sa place.
Mais, ce qu'il n'eût point fait, la Grèce avec douleur
Vous voit du sang troyen relever le malheur,
Et, vous laissant toucher d'[2]une pitié funeste,
D'une guerre si longue entretenir le reste.
Ne vous souvient-il plus, Seigneur, quel[3] fut Hector?
Nos peuples affaiblis s'en souviennent encor.
Son nom seul fait frémir nos veuves et nos filles;
Et dans toute la Grèce il n'est point de familles
Qui ne demandent compte à ce malheureux[4] fils
D'un père ou d'un époux qu'Hector leur a ravis.
Et qui sait ce qu'un jour ce fils peut entreprendre[5]?
Peut-être dans nos ports nous le verrons descendre,
Tel qu'on a vu son père, embraser nos vaisseaux
Et, la flamme à la main, les suivre sur les eaux[6].
Oserai-je, Seigneur, dire ce que je pense?
Vous-même de vos soins craignez la récompense,
Et que[7] dans votre sein ce serpent élevé
Ne vous punisse un jour de l'avoir conservé.
Enfin de tous les Grecs satisfaites l'envie,
Assurez leur vengeance, assurez votre vie;
Perdez un ennemi d'autant plus dangereux
Qu'il s'essaiera sur vous à combattre contre eux.

1. Subligny aurait voulu la transposition des deux verbes. Racine ne l'écouta pas et fit bien : Troie est personnifiée, ce qui est conforme à l'esprit de la tragédie, et Hector, en tombant, ne meurt pas tout à fait : il vit dans le cœur d'Andromaque. — 2. La préposition *de* pouvait remplacer toutes les autres au XVIIe siècle. — 3. Sens latin de *qualis* : valeur qualitative. — 4. Double sens : Astyanax est pitoyable, mais il attire le malheur. — 5. Cf. Sénèque, *Troyennes* (v. 530-534 et 551-552) : « Une demi-confiance en une paix incertaine retiendra toujours les Grecs, toujours la crainte les obligera à jeter les regards en arrière et leur interdira de déposer les armes, tant que le fils donnera du courage aux Phrygiens vaincus. » — 6. Allusion aux chants XV et XVI de *l'Iliade*. — 7. Le même verbe pouvait avoir deux compléments de construction différente.

- **La diplomatie au XVIIe siècle** — Malgré les positions prises à l'avance par Oreste, il conserve une parfaite *courtoisie* (v. **144, 145, 147**). Mais il y aura de l'ironie dans la réplique de Pyrrhus : comparez les v. **173-180** aux v. **143-150**.

① Appréciez ce jugement de M. Ch. Bruneau : « La langue de la tragédie, la langue *noble*, est une langue parlée. Quand Racine met en scène Pyrrhus, Alexandre, Thésée ou Titus, il se représente sans doute Louis XIV dans une séance d'apparat, échangeant des paroles avec un ambassadeur étranger. »

PYRRHUS. — La Grèce en ma faveur est trop inquiétée[1].
De soins plus importants je l'ai crue agitée,
Seigneur; et, sur le nom de son ambassadeur,
J'avais dans ses projets conçu plus de grandeur.
Qui croirait en effet qu'une telle entreprise
Du fils d'Agamemnon[2] méritât l'entremise;
Qu'un peuple tout entier, tant de fois triomphant,
N'eût daigné conspirer que la mort d'un enfant?
Mais à qui prétend-on[3] que je le sacrifie?
La Grèce a-t-elle encor quelque droit sur sa vie?
Et seul[4] de tous les Grecs ne m'est-il pas permis
D'ordonner[5] d'un captif que le sort m'a soumis?
Oui, Seigneur, lorsqu'au pied des murs fumants de Troie
Les vainqueurs tout sanglants partagèrent leur proie[6],
Le sort[7], dont les arrêts furent alors suivis,
Fit tomber en mes mains Andromaque et son fils.
Hécube près d'Ulysse acheva sa misère;
Cassandre dans Argos a suivi votre père :
Sur eux, sur leurs captifs, ai-je étendu mes droits?
Ai-je enfin disposé du fruit de leurs exploits?
On craint qu'avec Hector Troie un jour ne renaisse[8];
Son fils peut me ravir le jour que je lui laisse.
Seigneur, tant de prudence entraîne trop de soin[9] :
Je ne sais point prévoir les malheurs de si loin.
Je songe quelle[10] était autrefois cette ville,
Si superbe en remparts, en héros si fertile,
Maîtresse de l'Asie; et je regarde enfin
Quel fut le sort de Troie et quel est son destin[11].
Je ne vois que des tours que la cendre a couvertes,
Un fleuve teint de sang, des campagnes désertes,
Un enfant dans les fers; et je ne puis songer
Que Troie en cet état aspire à se venger[12].
Ah ! si du fils d'Hector la perte était jurée,

---

1. *Est trop inquiétée* (agitée) marque un état permanent, alors que « s'inquiète » aurait marqué un état passager. — 2. Répond au *fils d'Achille* d'Oreste (v. 146). — 3. Le pronom impersonnel marque la hauteur méprisante de Pyrrhus. — 4. Construction libre, fréquente chez Racine pour mettre un mot important en valeur. — 5. Décider de... — 6. Il s'agit du tirage au sort des Troyennes qui deviendront les esclaves des vainqueurs : Hécube, épouse de Priam, roi de Troie; Cassandre, fille de Priam, célèbre par ses prophéties que l'on n'écoutait jamais. — 7. Sens propre : tirage au sort. — 8. Cf. Euripide, *Troyennes*, v. 1156-1162 : « Achéens, pourquoi avez-vous tué cet enfant? de peur qu'il ne relève Troie tombée? » — 9. Voir le v. 62. — 10. Voir le v. 155. — 11. Noter les oppositions de temps : *fut-est* ; de substantifs : *sort-destin*. Nous retrouverons souvent ce diptyque « hier-aujourd'hui ». — 12. Cf. Sénèque, *Troyennes* (v. 740-742) : « Cette ville en ruine, promise aux cendres, est-ce lui qui la réveillera? Ces mains relèveraient Troie? Troie n'a aucun espoir si elle n'en a que de ce genre ».

Pourquoi d'un an entier l'avons-nous différée?
Dans le sein de Priam n'a-t-on pu[1] l'immoler?
Sous tant de morts, sous Troie il fallait l'accabler.
Tout était juste alors : la vieillesse et l'enfance
En vain sur leur faiblesse appuyaient leur défense[2];
La victoire et la nuit, plus cruelles que nous,
Nous excitaient au meurtre et confondaient nos coups.
Mon courroux aux[3] vaincus ne fut que trop sévère.
Mais que ma cruauté survive à ma colère?
Que, malgré la pitié dont je me sens saisir,
Dans le sang d'un enfant je me baigne à loisir[4]?
Non, Seigneur. Que les Grecs cherchent quelque autre [proie;
Qu'ils poursuivent ailleurs ce qui reste de Troie.
De mes inimitiés le cours est achevé;
L'Épire sauvera ce que Troie a sauvé[5].

ORESTE. — Seigneur, vous savez trop avec quel artifice
Un faux Astyanax[6] fut offert au supplice
Où le seul fils d'Hector devait être conduit;
Ce n'est pas les Troyens, c'est Hector qu'on poursuit.
Oui, les Grecs sur le fils persécutent[7] le père;
Il a par trop de sang acheté leur colère.
Ce n'est que dans le sien qu'elle peut expirer;
Et jusque dans l'Épire il les peut attirer.
Prévenez-les.

---

1. Construction latine des verbes marquant la possibilité, ou l'obligation; l'indicatif a une valeur de conditionnel : n'aurait-on pu? — 2. L'emploi de mots abstraits donne plus de noblesse à l'image; l'émotion demeure sans que soit violée la règle des bienséances. — 3. L'emploi de *à* au lieu de *pour* est fréquent. — 4. Maintenant que je puis réfléchir à ce que je fais. — 5. Cf. Sénèque, *Troyennes* (v. 286-288) : « Quoi que ce soit qui puisse survivre des ruines de Troie, laissons-le subsister. Il a été assez cher payé, et au-delà... » — 6. L'édition Mesnard précise : « On ne sait trop si ce fut Ulysse, Ménélas ou Pyrrhus qui jeta Astyanax du haut des remparts ». — 7. Sens étymologique : poursuivent.

- **L'histoire** — En refusant de céder aux Grecs, Pyrrhus ne trahit pas, malgré les apparences. L'alliance des divers peuples n'était valable, en effet, que pour la durée de la guerre de Troie, et jusqu'à ce que Ménélas eût vengé son honneur et repris Hélène. La guerre terminée, chacun a repris sa liberté.
- **L'action** — Par son refus, Pyrrhus signe sa propre condamnation. La tragédie pourrait donc s'achever ici. On n'en comprend que mieux la nécessité de ménager des pauses.
  ① Montrez comment, dès avant l'entrée en scène d'Andromaque, les personnages se sont jetés dans une impasse.
  ② Étudiez le procédé utilisé par Racine (v. 214, par exemple) pour arriver à la concision et à l'élégance du style.

PYRRHUS. — Non, non. J'y consens avec joie :
Qu'ils cherchent dans l'Épire une seconde Troie;
Qu'ils confondent leur haine et ne distinguent plus
Le sang qui les fit vaincre et celui des vaincus.
Aussi bien ce n'est pas la première injustice
Dont la Grèce d'Achille a payé le service[1].
Hector en profita, Seigneur; et quelque jour
Son fils en pourrait bien profiter à son tour.

ORESTE. — Ainsi la Grèce en vous trouve un enfant rebelle?

PYRRHUS. — Et je n'ai donc vaincu que pour dépendre d'elle?

ORESTE. — Hermione, Seigneur, arrêtera vos coups :
Ses yeux s'opposeront[2] entre son père et vous.

PYRRHUS. — Hermione, Seigneur, peut m'être toujours chère;
Je puis l'aimer, sans être esclave de son père;
Et je saurai peut-être accorder[3] quelque jour
Les soins de ma grandeur et ceux de mon amour.
Vous pouvez cependant voir la fille d'Hélène :
Du sang qui vous unit je sais l'étroite chaîne[4].
Après cela, Seigneur, je ne vous retiens plus[5],
Et vous pourrez aux Grecs annoncer mon refus.

Scène III. — PYRRHUS, PHŒNIX.

PHŒNIX. — Ainsi vous l'envoyez aux pieds de sa maîtresse?

PYRRHUS. — On dit[6] qu'il a longtemps brûlé pour la princesse.

PHŒNIX. — Mais si ce feu, Seigneur, vient à se rallumer?
S'il lui rendait son cœur, s'il s'en faisait aimer?

PYRRHUS. — Ah! qu'ils s'aiment, Phœnix, j'y consens. Qu'elle parte.
Que, charmés[7] l'un de l'autre, ils retournent à Sparte :
Tous nos ports sont ouverts et pour elle et pour lui.
Qu'elle m'épargnerait de contrainte et d'ennui[8] !

PHŒNIX. — Seigneur...

PYRRHUS. — Une autre fois je t'ouvrirai mon âme :
Andromaque paraît[9].

---

1. Allusion à la colère d'Achille, qui s'était retiré sous sa tente avec ses Myrmidons parce qu'Agamemnon lui avait enlevé sa captive Briséis. Achille était alors dans son droit et Pyrrhus considère qu'il est frustré comme l'avait été son père. — 2. S'interposeront (sens attesté par Littré pour ce vers). — 3. Mettre en accord. — 4. Les frères Atrides, Agamemnon et Ménélas, avaient épousé les deux sœurs, Clytemnestre et Hélène, filles de Tyndare. Oreste (fils d'Agamemnon) et Hermione (fille de Ménélas) étaient donc doublement cousins germains. — 5. Noter la hauteur du ton. — 6. Quelle indifférence dans cet *on dit!* — 7. Voir le v. 31. — 8. Voir le v. 44. — 9. Ces deux mots, par l'émotion contenue qu'ils manifestent, créent l'atmosphère de la scène suivante.

SCÈNE IV. — PYRRHUS, ANDROMAQUE, CÉPHISE[1]

PYRRHUS. — Me cherchiez-vous, Madame?
Un espoir si charmant me serait-il permis?

ANDROMAQUE. — Je passais jusqu'aux lieux où l'on garde mon fils.
Puisqu'une fois le jour vous souffrez que je voie
Le seul bien qui me reste et d'Hector et de Troie,
J'allais, Seigneur, pleurer un moment avec lui :
Je ne l'ai point encore embrassé d'aujourd'hui.

PYRRHUS. — Ah! Madame, les Grecs, si j'en crois leurs alarmes,
Vous donneront bientôt d'autres sujets de larmes.

ANDROMAQUE. — Et quelle est cette peur dont le cœur est frappé,
Seigneur? Quelque Troyen vous est-il échappé[2]?

PYRRHUS. — Leur haine pour Hector n'est pas encore éteinte :
Ils redoutent son fils.

---

1. Dans les premières éditions, Phœnix était présent à cette scène. — 2. Cette construction avec l'auxiliaire *être* est relevée par Littré chez Racine seulement.

- **Les caractères** — ANDROMAQUE est simplement épouse et mère, au vers 262 et dans presque toute la scène. Racine s'est souvenu d'Homère. Dans l'*Iliade* (chant VI, v. 429), Andromaque disait à Hector : « Hector, tu es pour moi mon père, ma mère vénérable, tu es aussi mon frère, tu es mon époux florissant de jeunesse .»
Prisonnière, elle ne s'avoue pas vaincue puisqu'elle use d'une cruelle ironie : v. 268.

- **Les mœurs** — Très grand seigneur, le duc de Créqui se moqua de la manière dont Oreste remplit sa mission diplomatique. Or, pendant qu'il dirigeait notre ambassade à Rome, il s'était attiré l'inimitié des Romains, par suite de ses hauteurs; on alla même jusqu'à tirer sur son carrosse. Aux critiques du noble personnage, le spirituel Racine répondit par cette épigramme :

  Créqui prétend qu'Oreste est un pauvre homme
  Qui soutient mal le rang d'ambassadeur;
  Et Créqui de ce rang connaît bien la splendeur :
  Si quelqu'un l'entend mieux, je l'irai dire à Rome.

- **Le style** — Observez la *stichomythie* des v. 237-238 : elle donne aux deux répliques qui riment entre elles l'aspect d'une « botte » portée par un duelliste et d'une parade de l'adversaire. Cherchez, dans la pièce, d'autres exemples de stichomythie et commentez-les.

ANDROMAQUE. — Digne objet de leur crainte!
Un enfant malheureux, qui ne sait pas encor
Que Pyrrhus est son maître[1], et qu'il est fils d'Hector.

PYRRHUS. — Tel qu'il est, tous les Grecs demandent qu'il périsse.
Le fils d'Agamemnon vient hâter son supplice.

ANDROMAQUE. — Et vous prononcerez un arrêt si cruel?
Est-ce mon intérêt[2] qui le rend criminel?
Hélas! on ne craint point qu'il venge un jour son père;
On craint qu'il n'essuyât[3] les larmes de sa mère.
Il m'aurait tenu lieu d'un père[4] et d'un époux;
Mais il me faut tout perdre, et toujours par vos coups.

PYRRHUS. — Madame, mes refus ont prévenu vos larmes.
Tous les Grecs m'ont déjà menacé de leurs armes;
Mais, dussent-ils encore, en repassant les eaux,
Demander votre fils avec mille vaisseaux,
Coûtât-il tout le sang qu'Hélène a fait répandre,
Dussé-je après dix ans voir mon palais en cendre,
Je ne balance point, je vole à son secours;
Je défendrai sa vie aux dépens de mes jours.
Mais, parmi ces périls où[5] je cours pour vous plaire,
Me refuserez-vous un regard moins sévère?
Haï de tous les Grecs, pressé[6] de tous côtés,
Me faudra-t-il combattre encor vos cruautés?
Je vous offre mon bras. Puis-je espérer encore
Que vous accepterez un cœur qui vous adore?
En combattant pour vous, me sera-t-il permis
De ne vous point compter parmi mes ennemis?

ANDROMAQUE. — Seigneur, que faites-vous, et que dira la Grèce?
Faut-il qu'un si grand cœur montre tant de faiblesse?
Voulez-vous qu'un dessein si beau, si généreux[7],
Passe pour le transport d'un esprit amoureux[8]?
Captive, toujours triste, importune à moi-même,
Pouvez-vous souhaiter qu'Andromaque vous aime?

---

1. Noter l'antithèse *fils d'Hector-maître*. — 2. L'intérêt que j'ai pour lui. — 3. Cet imparfait du subj. marquant le conditionnel était admis au XVIIe siècle; il a une valeur musicale. — 4. Éétion, roi de Cilicie, père d'Andromaque, avait été tué par Achille, comme Hector. — 5. Voir le v. 18. — 6. « Poursuivi, attaqué sans relâche ». (Littré). — 7. Ici commence un de ces passages qui ont fait parler de la coquetterie vertueuse d'Andromaque : voir plus haut, p. 19. — 8. Voltaire a rapproché ces vers de ceux de Corneille (*Pertharite*, 1652, v. 671-674) :

On publierait de toi que les yeux d'une femme
Plus que ta propre gloire auraient touché ton âme,
On dirait qu'un héros, si grand, si renommé,
Ne serait qu'un tyran s'il n'avait point aimé.

Quels charmes ont pour vous des yeux infortunés[1]
Qu'à des pleurs éternels vous avez condamnés?
Non, non, d'un ennemi respecter la misère,
Sauver des malheureux, rendre un fils à sa mère,
De cent peuples pour lui combattre la rigueur
Sans me faire payer[2] son salut de mon cœur,
Malgré moi s'il le faut, lui donner un asile :
Seigneur, voilà des soins dignes du fils d'Achille.

PYRRHUS. — Hé quoi! votre courroux n'a-t-il pas eu son cours?
Peut-on haïr sans cesse? et punit-on toujours?
J'ai fait des malheureux, sans doute; et la Phrygie
Cent fois de votre sang a vu ma main rougie.
Mais que vos yeux sur moi se sont bien exercés[3]!
Qu'ils m'ont vendu bien cher les pleurs qu'ils ont [versés!
De combien de remords m'ont-ils rendu la proie?
Je souffre tous les maux que j'ai faits devant Troie :
Vaincu, chargé de fers, de regrets consumé,
Brûlé de plus de feux que je n'en allumai,
Tant de soins, tant de pleurs, tant d'ardeurs[4] inquiètes...

1. Var. 1668 et 73 : « *Que feriez-vous, hélas! d'un cœur* infortuné... » Subligny, dans sa préface à la *Folle Querelle*, remarque : « Les pleurs sont l'office des yeux, comme les soupirs celui du cœur, mais le cœur ne pleure pas. » — 2. Le mot est très dur; en retirant la gratuité au geste de Pyrrhus, Andromaque lui ôte toute grandeur. — 3. Construction latine du verbe *exercer*, comme dans : exercer sa colère. — 4. Le pluriel des mots abstraits n'est pas habituel; au XVIIe siècle, il marque surtout la répétition.

- **Les caractères** — ANDROMAQUE est-elle coquette avec Pyrrhus, connaît-elle le pouvoir des larmes sur certains hommes? est-elle, au contraire, entièrement sincère? voilà tout le problème de la coquetterie vertueuse posé dans l'introduction. Coquette ou non, elle se montre habile (v. 297-310), et, par surcroît d'habileté, elle se montrera volontairement maladroite (v. 333-342) en raison d'ailleurs de l'outrecuidance de Pyrrhus (v. 326-332).

  L'extrême jeunesse de PYRRHUS le met en position d'infériorité devant Andromaque, servie à la fois par ses malheurs et par la perspicacité naturelle à la femme. Le vers 320 a attiré les remarques suivantes de J. D. Hubert (*Essai d'exégèse racinienne*) que vous commenterez :

  ① Ce vers « exprime, non pas une flamme banale, mais les regrets cuisants qui torturent le fils d'Achille et le dégoût qu'il éprouve pour son passé *glorieux*. Ces feux qui le brûlent trouvent leur origine et même leur cause dans les incendies de Troie qui avaient éclairé ses crimes, source de ses remords présents : ils se rapportent donc à un passé réel dont ils révèlent même le sens moral. C'est à ce point de vue surtout qu'on peut dire que la guerre de Troie recommence grâce à l'amour dans l'âme de Pyrrhus » (voir également notre introduction, p. 20).

  ② Commentez ce jugement de M. Antoine Adam sur Andromaque : « aigrie, amère, ironique, craintive, maladroite » (IV, p. 318).

Hélas! fus-je jamais si cruel que vous l'êtes?
Mais enfin, tour à tour, c'est assez nous punir;
Nos ennemis communs devraient nous réunir.
Madame, dites-moi seulement que j'espère,
Je vous rends votre fils, et je lui sers de père;
Je l'instruirai moi-même à venger les Troyens;
J'irai punir les Grecs de vos maux et des miens.
Animé d'un regard[1], je puis tout entreprendre :
Votre[2] Ilion encor peut sortir de sa cendre;
Je puis, en moins de temps que les Grecs ne l'ont pris,
Dans ses murs relevés couronner votre fils.

ANDROMAQUE. — Seigneur, tant de grandeurs ne nous touchent plus
[guère :
Je les lui promettais tant qu'a vécu son père[3].
Non, vous n'espérez plus de nous revoir encor,
Sacrés[4] murs, que n'a pu conserver mon Hector.
A de moindres faveurs des malheureux prétendent,
Seigneur : c'est un exil que mes pleurs vous demandent.
Souffrez que, loin des Grecs, et même loin de vous,
J'aille cacher mon fils et pleurer mon époux.
Votre amour contre nous allume trop de haine :
Retournez, retournez à la fille d'Hélène.

PYRRHUS. — Et le puis-je, Madame? Ah! que vous me gênez[5]!
Comment lui rendre un cœur que vous me retenez?
Je sais que de mes vœux on[6] lui promit l'empire;
Je sais que pour régner elle vint dans l'Épire ;
Le sort vous y voulut l'une et l'autre amener[7] :
Vous, pour porter des fers; elle, pour en donner[8].
Cependant ai-je pris quelque soin de lui plaire?
Et ne dirait-on pas, en voyant au contraire
Vos charmes tout puissants, et les siens dédaignés,
Qu'elle est ici captive et que vous y régnez[9]?
Ah! qu'un seul des soupirs que mon cœur vous envoie,
S'il s'échappait vers elle, y[10] porterait de joie!

1. Par un regard; cet emploi de *de* après un passif est fréquent au XVIIe siècle. — 2. Noter la valeur affective de l'adjectif possessif. — 3. A rapprocher du v. 326 : *et je lui sers de père*. — 4. Voir le v. 84. — 5. Sens très fort : vous me mettez à la torture (latin *gehenna*). — 6. *On* n'a plus le sens méprisant du v. 181; il marque que Pyrrhus n'a pas souscrit aux promesses qui avaient été faites en son nom. — 7. Petite lâcheté de Pyrrhus qui se retranche derrière la fatalité; mais elle n'est, pour lui, qu'un prétexte. — 8. Vers cornélien, bâti sur l'antithèse *porter - donner*. — 9. Ce vers, qui forme un *chiasme* avec le vers 348, souligne le trouble de Pyrrhus. — 10. « *Y*, dans son acception de *pronom*, s'employait avec une liberté absolue dans l'ancienne langue, et l'usage s'en maintient encore dans la langue populaire. » (Haase, *op. cit.*)

ANDROMAQUE. — Et pourquoi vos soupirs seraient-ils repoussés?
Aurait-elle oublié vos services[1] passés?
Troie, Hector, contre vous révoltent-ils son âme?
Aux cendres d'un époux doit-elle enfin sa flamme?
Et quel époux encore! Ah! souvenir cruel!
Sa mort seule a rendu votre père immortel[2].
Il doit au sang d'Hector tout l'éclat de ses armes,
Et vous n'êtes tous deux connus que par mes larmes.

PYRRHUS. — Hé bien, Madame, hé bien, il faut vous obéir :
Il faut vous oublier, ou plutôt vous haïr.
Oui, mes vœux ont trop loin poussé leur violence
Pour ne plus s'arrêter que dans l'indifférence[3].
Songez-y bien : il faut désormais que mon cœur,
S'il n'aime avec transport, haïsse avec fureur.
Je n'épargnerai rien dans ma juste colère :
Le fils me répondra des mépris de la mère;
La Grèce le demande; et je ne prétends pas
Mettre toujours ma gloire à sauver des ingrats[4].

ANDROMAQUE. — Hélas! il mourra donc. Il n'a pour sa défense
Que les pleurs de sa mère et que son innocence.
Et peut-être après tout, en l'état où je suis,
Sa mort avancera la fin de mes ennuis[5].
Je prolongeais pour lui ma vie et ma misère[6];
Mais enfin sur ses pas j'irai revoir son père.
Ainsi tous trois, Seigneur, par vos soins réunis,
Nous vous...

PYRRHUS. — Allez, Madame, allez voir votre fils.
Peut-être, en le voyant[7], votre amour plus timide
Ne prendra pas toujours sa colère pour guide.
Pour savoir nos destins[8], j'irai vous retrouver.
Madame, en l'embrassant, songez à le sauver.

---

1. Le mot appartient, ici, au langage précieux. — 2. Noter l'antithèse *mort-immortel*, qui exprime le dédain d'Andromaque. — 3. Pour Subligny, le vers manque de clarté. Comprenons : la simple indifférence ne pourrait plus satisfaire dorénavant mes vœux. — 4. Cf. Corneille, *Pertharite*, v. 727-730 :

...Puisqu'on me méprise
Je deviendrai tyran de qui me tyrannise;
Et ne souffrirai plus qu'une indigne fierté
Se joue impunément de mon trop de bonté.

— 5. Voir le v. 44. — 6. Cf. Sénèque, *les Troyennes*, vers 419 et suiv. : « J'aurais déjà suivi mon époux, si mon enfant ne me retenait. Il dompte mes sentiments et me défend de mourir. Il me force à demander encore quelque chose aux Dieux; il a prolongé ma misère. » — 7. Construction du participe non admise aujourd'hui : quand vous le verrez. — 8. Pyrrhus considère que son sort et celui d'Andromaque sont inséparables.

Deux versions du « couple » Andromaque/Pyrrhus

Ph. © O.R.T.F./T.

Ph. © Philippe Coqueux - Photeb.

▲ A la Télévision (1960)

◀ et au Petit-Odéon (Comédie-Française, mise en scène de J.-P. Roussillon, 1974)

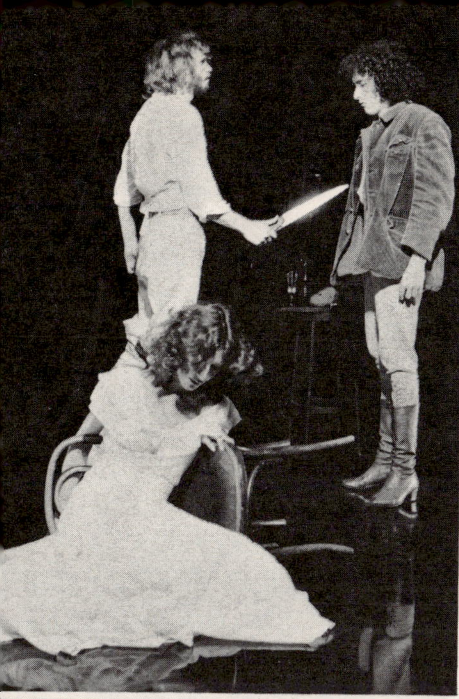

Mise en scène de Daniel Mesguic
Biothéâtre, juin 1975

Deux interprétations moderne d'*Andromaque*

2 *Ph.* © *Bernand - Photeb/T.*

Mise en scène de Patrick Bat
Théâtre Essaion, 1976

ACTE II

Scène première. — HERMIONE, CLÉONE.

HERMIONE. — Je fais ce que tu veux. Je consens qu'il[1] me voie;
Je lui veux bien[2] encore accorder cette joie.
Pylade va bientôt conduire ici ses pas;
Mais, si je m'en croyais, je ne le verrais pas.

CLÉONE. — Et qu'est-ce que sa vue a pour vous de funeste[3]?
Madame, n'est-ce pas[4] toujours le même Oreste
Dont vous avez cent fois souhaité le retour[5],
Et dont vous regrettiez la constance[6] et l'amour?

HERMIONE. — C'est cet amour payé de trop d'ingratitude
Qui me rend en ces lieux sa présence si rude[7].
Quelle honte pour moi, quel triomphe pour lui,
De voir mon infortune égaler son ennui!
Est-ce là, dira-t-il, cette fière[8] Hermione?
Elle me dédaignait; un autre l'abandonne.
L'ingrate, qui mettait son cœur à si haut prix,
Apprend donc à son tour à souffrir des mépris!
Ah! Dieux!

CLÉONE. — Ah! dissipez ces indignes alarmes[9] :
Il a trop bien senti le pouvoir de vos charmes.
Vous croyez[10] qu'un amant vienne vous insulter?
Il vous rapporte un cœur qu'il n'a pu vous ôter.
Mais vous ne dites point ce que vous mande un[11] père.

HERMIONE. — Dans ses retardements[12] si Pyrrhus persévère,
A la mort du Troyen[13] s'il ne veut consentir,
Mon père avec les Grecs m'ordonne de partir.

CLÉONE. — Hé bien! Madame, hé bien! écoutez donc Oreste.
Pyrrhus a commencé[14], faites au moins le reste.

---

1. *A ce qu'il :* construction de règle au XVIIe siècle; Hermione s'exprime à propos d'Oreste de la même manière que Pyrrhus à propos d'Hermione (v. 253). — 2. Noter le ton de concession désabusée d'Hermione : c'est plus de l'accablement que de la hauteur. — 3. Même aux yeux de Cléone, la pièce est dominée par le destin et la mort (latin *funus*). — 4. L'effacement de la césure allonge le vers que l'enjambement rend interminable. — 5. Voir le v. 132. Mais, Pylade, plus objectif, avait dit *quelquefois ;* Cléone, avec l'exagération féminine, dit *cent fois*. — 6. La *constance* est précisément la qualité qui manque le plus à Pyrrhus. — 7. Sens fort : pénible à supporter. — 8. Le vers est cité par Littré avec cette définition : « En un sens particulier, qui a un orgueil se montrant dans la contenance, dans les paroles. » — 9. Ces alarmes qui ne sont pas dignes de vous. — 10. Le verbe *croire*, avec le sens dubitatif qu'il a ici dans une phrase interrogative, entraîne le subjonctif. — 11. L'indéfini est plus fort que le possessif *votre*. La volonté paternelle, en soi, a une valeur universellement reconnue. — 12. « Action de rendre tardif » (Littré); le mot est plus précis que *retard*, qui marque un fait et non une intention. — 13. L'emploi du nom propre d'origine pour le nom du personnage est un témoignage de mépris, souvent utilisé dans la tragédie. — 14. Le refus de Pyrrhus à Oreste est une déclaration de guerre.

Pour bien faire, il faudrait que vous le prévinssiez.
Ne m'avez-vous pas dit que vous le haïssiez?

HERMIONE. — Si je le hais, Cléone! Il y va de ma gloire[1],
Après tant de bontés dont il perd la mémoire.
Lui qui me fut si cher, et qui m'a pu trahir,
Ah! je l'ai trop aimé pour ne le point haïr[2].

CLÉONE. — Fuyez-le donc, Madame; et puisqu'on vous adore...

HERMIONE. — Ah! laisse à ma fureur le temps de croître encore;
Contre mon ennemi laisse-moi m'assurer[3];
Cléone, avec horreur je m'en veux séparer.
Il n'y travaillera que trop bien, l'infidèle!

---

1. Réputation, honneur; un des mots-clefs de la psychologie cornélienne. — 2. Toute une psychologie de l'amour sort de ce vers. — 3. Me rendre plus sûre de moi-même.

- **L'action** — *L'acte précédent* s'est achevé sur une *décision.*

① Commentez ces propos de J. Scherer (*La Dramaturgie classique en France*, 1950) : « Chaque acte se termine par une décision. Ces décisions ne mettent qu'en apparence le point final aux divers actes. Elles ne sont jamais des solutions, elles sont au contraire lourdes de conséquences; issues de conflits, elles engendrent nécessairement d'autres conflits. Le spectateur, loin de considérer qu'un problème est réglé, ne peut que se demander quel sera le prochain problème. »

Le début du deuxième acte termine l'*exposition.* Le vers 408 propose encore une solution possible : le retour d'Hermione en Grèce.

- **Les caractères** — HERMIONE (sur sa présence, voir le commentaire de J. Scherer, p. 121) est avant tout une jeune fille *loyale,* même vis-à-vis d'elle-même : elle ne parvient pas à dire qu'elle aime Oreste. Elle *consent* (v. 385) à ce qu'il la voie (et non pas à le voir). Son rôle est ici purement passif, ce qui n'est pas conforme à son caractère passionné. Elle condescend (v. 386) à lui *accorder* une *joie.*

Mais elle est aussi naïve. Elle croit devoir haïr Pyrrhus (v. 413) comme si elle avait lu Corneille et qu'elle fût soucieuse de sa *gloire* à l'égal de Chimène.

Orgueilleuse, elle redoute par-dessus toute chose les sarcasmes d'Oreste (v. 397-400), témoignant ainsi qu'elle ne le connaît pas.

Enfant gâtée, elle pousse loin la versatilité puérile.

— CLÉONE a la *lucidité cruelle* de la confidente (v. 391-392; 409-412) et l'irritante simplicité de ceux qui ne sont pas directement intéressés à une affaire.

Comme Ménélas, elle se substitue à la volonté défaillante d'Hermione, et cette espèce de supériorité dans l'initiative l'autorise, autant que sa qualité de confidente, à user d'un langage parfois familier (v. 411).

② Cléone, dont vous étudierez les propos avec soin, a-t-elle de l'amour la même conception qu'Hermione?

CLÉONE. — Quoi! vous en[1] attendez quelque injure nouvelle?
Aimer une captive[2], et l'aimer à vos yeux,
Tout cela n'a donc pu vous le rendre odieux?
Après ce qu'il a fait, que saurait-il donc faire?
Il vous aurait déplu, s'il pouvait vous déplaire.

HERMIONE. — Pourquoi veux-tu, cruelle, irriter[3] mes ennuis?
Je crains de me connaître en l'état où je suis[4].
De tout ce que tu vois tâche de ne rien croire;
Crois que je n'aime plus, vante-moi ma victoire;
Crois que dans son dépit mon cœur est endurci,
Hélas! et, s'il se peut, fais-le moi croire aussi[5].
Tu veux que je le fuie? Hé bien! rien ne m'arrête :
Allons. N'envions plus son[6] indigne conquête;
Que sur lui sa captive étende son pouvoir.
Fuyons... Mais si l'ingrat rentrait dans son devoir[7]!
Si la foi[8] dans son cœur retrouvait quelque place!
S'il venait à mes pieds me demander sa grâce!
Si sous mes lois, Amour, tu pouvais l'engager!
S'il voulait... Mais l'ingrat ne veut que m'outrager.
Demeurons toutefois pour troubler leur fortune;
Prenons quelque plaisir à leur être importune;
Ou, le forçant de[9] rompre un nœud si solennel[10],
Aux yeux de tous les Grecs rendons-le criminel.
J'ai déjà sur le fils attiré leur colère;
Je veux qu'on vienne encor lui demander la mère.
Rendons-lui les tourments qu'elle me fait souffrir;
Qu'elle le perde, ou bien qu'il la fasse périr.

CLÉONE. — Vous pensez que des yeux toujours ouverts aux larmes[11]
Se plaisent à troubler le pouvoir de vos charmes,
Et qu'un cœur accablé de tant de déplaisirs
De son persécuteur ait brigué les soupirs?
Voyez si sa douleur en paraît soulagée.

---

1. « Chez tous les auteurs du XVIIe siècle on trouve le pronom *en* se rapportant, selon l'usage de l'ancienne langue, à des personnes et remplaçant un pronom personnel de la première ou de la deuxième personne avec *de* [...]. Il pouvait se rapporter à une personne pour marquer la possession (*en* = de) » (Haase, *op. cit.*). — 2. Cléone essaie d'éveiller l'orgueil d'Hermione : quel mépris dans ce mot, qui, dans la bouche d'Andromaque, attendrissait : *Captive, toujours triste...* (v. 301). — 3. Réveiller (du latin *irritare*). — 4. Voir les v. 375-376. — 5. Voir le commentaire de cette phrase par Faguet, p. 119. — 6. La conquête de Pyrrhus et non la conquête faite par Pyrrhus. — 7. Cf.Corneille, *Sertorius*, v. 267-270 :

Vous savez à quel point mon courage est blessé,
Mais s'il se dédisait d'un outrage forcé,
S'il chassait Émilie et me rendait ma place,
J'aurais peine, Seigneur, à lui refuser grâce.

— 8. Sens étymologique : fidélité. — 9. Construction admise jusqu'au XVIIIe siècle; nous dirions : forcer *à* . — 10. Voir les v. 1311-1312. — 11. Voir les v. 303-304.

Pourquoi donc les chagrins où son âme est plongée?
Contre un amant qui plaît pourquoi tant de fierté[1]?

HERMIONE. — Hélas! pour mon malheur, je l'ai trop écouté.
Je n'ai point du silence affecté le mystère :
Je croyais sans péril pouvoir être sincère,
Et, sans armer mes yeux d'un moment de rigueur,
Je n'ai pour lui parler consulté que mon cœur.
Et qui ne se serait comme moi déclarée
Sur la foi d'une[2] amour si saintement jurée[3]?
Me voyait-il de l'œil qu'[4]il me voit aujourd'hui?
Tu t'en souviens encor, tout conspirait pour lui.
Ma famille vengée, et les Grecs dans la joie,
Nos vaisseaux tout chargés des dépouilles de Troie,
Les exploits de son père effacés par les siens,
Ses feux que je croyais plus ardents[5] que les miens,
Mon cœur, toi-même enfin de sa gloire éblouie,
Avant qu'il me trahît, vous m'avez tous trahie.
Mais c'en est trop, Cléone, et quel que soit Pyrrhus,
Hermione est sensible, Oreste a des vertus.
Il sait aimer du moins, et même sans qu'on l'aime;
Et peut-être il saura se faire aimer lui-même.
Allons : qu'il vienne enfin.

CLÉONE. — Madame, le voici.

HERMIONE. — Ah! je ne croyais pas qu'il fût si près d'ici.

---

1. Var. 1668-1673 : « Pourquoi tant de froideur? Pourquoi cette fierté? » — 2. *Amour* s'employait souvent au féminin singulier; on en trouve encore un exemple chez Musset : « une amour ignorée ». — 3. Ce vers, ainsi que le v. 443, annonce les v. 1311-1312. — 4. Avec lequel : tournure habituelle au XVIIe siècle. — 5. Image précieuse.

- **L'art classique** — La composition est à la fois *logique* et *sentimentale* dans les deux tirades d'Hermione. Ainsi, dans la première (v. 427-448), nous notons : 1° *L'introduction* (427-428) qui pose le problème et annonce l'objet; 2° La lucidité d'Hermione qui voit ce qu'il faudrait faire (429-436); 3° Les illusions d'Hermione (436-440); 4° La *conclusion*, logique, mais haineuse (441 à la fin).
  ① Le vers racinien — Le v. 432 est admirable, et cependant très simple. D'où vient sa beauté? De la profonde vérité psychologique et de la force de l'émotion. Vous le commenterez. Vous commenterez de même le v. 439.
- **Les caractères** — HERMIONE est *faible* et rejette ses responsabilités sur les autres (v. 470).
  Être de passion, elle ne raisonne pas, elle se souvient et ne veut pas comprendre le présent. Que de sens dans le v. 476! Brusquement, Hermione trahit ses véritables sentiments, qu'elle essayait de se cacher.
  CLÉONE a le mépris d'une humble pour une humiliée : elle manifeste au v. 423 une brutalité presque chirurgicale.

Scène II. — HERMIONE, ORESTE, CLÉONE.

HERMIONE. — Le[1] croirai-je, Seigneur, qu'un reste de tendresse
Vous fasse ici chercher une triste princesse[2]?
Ou ne dois-je imputer qu'à votre seul devoir
L'heureux empressement qui vous porte à me voir?

ORESTE. — Tel est de mon amour l'aveuglement funeste[3].
Vous le savez, Madame, et le destin d'Oreste
Est de venir sans cesse adorer vos attraits,
Et de jurer toujours qu'il n'y viendra jamais.
Je sais que vos regards vont rouvrir mes blessures,
Que tous mes pas vers vous sont autant de parjures[4];
Je le sais, j'en rougis[5]. Mais j'atteste les Dieux,
Témoins de la fureur[6] de mes derniers adieux,
Que j'ai couru partout où ma perte certaine
Dégageait mes serments et finissait ma peine[7].
J'ai mendié[8] la mort chez des peuples cruels
Qui n'apaisaient leurs Dieux que du sang des mortels :
Ils m'ont fermé leur temple; et ces peuples barbares
De mon sang prodigué[9] sont devenus avares.
Enfin je viens à vous, et je me vois réduit
A chercher dans vos yeux une mort qui me fuit.
Mon désespoir n'attend que leur indifférence :
Ils n'ont qu'à m'interdire un reste d'espérance;
Ils n'ont, pour avancer cette mort où je cours,
Qu'à me dire une fois ce qu'ils m'ont dit toujours.
Voilà, depuis un an, le seul soin[10] qui m'anime.
Madame, c'est à vous de prendre une victime
Que les Scythes auraient dérobée à vos coups,
Si j'en avais trouvé d'aussi cruels que vous.

---

1. Voir le v. 5. — 2. Var. 1668-1673 : « Ait suspendu les soins dont vous charge la Grèce? » La correction est heureuse. — 3. Comme dans la scène 1 du premier acte, Oreste est conscient — malgré l'*aveuglement* qu'il déplore — du rôle de victime du destin qu'il assume. — 4. L'image manque de cohérence et rappelle *Britannicus* (vers 116) : « Pourquoi nourrissez-vous le venin qui vous tue? » par son élégante hardiesse... — 5. Noter la brièveté voulue de ces phrases. — 6. Sens étymologique : folie. — 7. Me dégageait de mes serments de ne pas revoir Hermione et mettait fin à ma peine avec ma vie. — 8. Alliance de mots souvent remarquée; l'allitération initiale dans *Mendié-Mort* rend la formule encore plus saisissante. Ces *peuples cruels* habitaient la Tauride : Oreste et Pylade y avaient été jetés par la tempête; ils y rencontrèrent Iphigénie qui, devenue prêtresse de Diane, les sauva du sacrifice et s'enfuit avec eux. — 9. Construction latine du participe, équivalent d'une proposition circonstancielle; on observera l'opposition entre *prodigué* et *avares*. — 10. Voir le v. 62.

HERMIONE. — Quittez, Seigneur, quittez ce funeste langage.
A des soins[1] plus pressants la Grèce vous engage.
Que[2] parlez-vous du Scythe et de mes cruautés?
Songez à tous ces rois que vous représentez[3].
Faut-il que d'un transport leur vengeance dépende?
Est-ce le sang d'Oreste enfin qu'on vous demande?
Dégagez-vous des soins dont vous êtes chargé.

ORESTE. — Les refus de Pyrrhus m'ont assez dégagé,
Madame : il me renvoie; et quelque autre puissance[4]
Lui fait du fils d'Hector embrasser la défense.

HERMIONE. — L'infidèle!

---

1. Voir le v. 62. — 2. Pourquoi. — 3. Variante 1668-1673 :

Non, non, ne pensez pas qu'Hermione dispose
D'un sang sur qui la Grèce aujourd'hui se repose.
Mais vous-même, est-ce ainsi que vous exécutez
Les vœux de tant d'États que vous représentez?

Subligny, dans la préface de la *Folle Querelle*, avait observé : « Il me semble que *se reposer sur un sang* est une étrange figure. *Exécuter les ordres* n'est pas la même chose qu'*exécuter les vœux*, qui ne se dit que quand on a voué quelque chose, mais ce n'était point un pèlerinage que les Grecs avaient voué en Épire. » — 4. Par délicatesse, Oreste ne veut pas citer Andromaque.

- **L'action** — La volonté de mourir annoncée par Oreste oblige Hermione à prendre, à son tour, une décision (v. 523-528) qu'elle avait laissé pressentir aux v. 406-408.
- **Les caractères** — Hermione est encore lucide et se montre ferme. Elle sait même se montrer femme du monde, quoi qu'en dise J. Hanse (« Le Caractère d'Andromaque », *Études classiques*, janvier 1938, p. 41-47) : Andromaque « est très femme, ou mieux, très dame du monde. Ce dernier trait a son importance, car il l'oppose aux deux héroïnes du drame d'Euripide et aussi à l'Hermione de Racine, beaucoup plus jeune, moins sûre d'elle-même, plus impulsive. »
  La situation des deux femmes est d'ailleurs parallèle, puisqu'elles s'adressent à des hommes qu'elles n'aiment pas mais dont elles ont besoin.
  Malgré son désir de ménager Oreste, il y a, dans le petit sermon (v. 505-511) qu'Hermione lui adresse, une nuance de dédain : pourquoi?
  — Oreste est précieux dans son parallèle très usé entre l'amour et la guerre (v. 485-490).
  Son absence de volonté, manifestée au v. 484, n'implique pas de la lâcheté (v. 487-490).
  ① Vous rapprocherez son langage de celui qu'utilise Sévère dans *Polyeucte*.
  ② Relevez des traces de préciosité dans le comportement d'Oreste.

ORESTE. — Ainsi donc, tout prêt à le quitter,
Sur mon propre destin[1] je viens vous consulter.
Déjà même je crois entendre la réponse
Qu'en secret contre moi votre haine prononce.

HERMIONE. — Hé quoi ! toujours injuste en vos tristes discours,
De mon inimitié vous plaindrez-vous toujours?
Quelle est cette rigueur tant de fois alléguée?
J'ai passé dans l'Épire où j'étais reléguée :
Mon père l'ordonnait. Mais qui sait si depuis
Je n'ai point en secret partagé[2] vos ennuis?
Pensez-vous avoir seul éprouvé des alarmes?
Que[3] l'Épire jamais n'ait vu couler mes larmes?
Enfin, qui vous a dit que, malgré mon devoir,
Je n'ai pas quelquefois souhaité de vous voir[4]?

ORESTE. — Souhaité de me voir ! Ah ! divine Princesse...
Mais, de grâce, est-ce à moi que ce discours s'adresse[5]?
Ouvrez vos[6] yeux : songez qu'Oreste est devant vous,
Oreste, si longtemps l'objet de leur courroux.

HERMIONE. — Oui, c'est vous dont l'amour, naissant avec leurs charmes,
Leur apprit le premier le pouvoir de leurs armes;
Vous que mille vertus me forçaient d'estimer[7];
Vous que j'ai plaint, enfin que je voudrais[8] aimer.

ORESTE. — Je vous entends[9]. Tel est mon partage funeste :
Le cœur est pour Pyrrhus, et les vœux pour Oreste[10].

HERMIONE. — Ah ! ne souhaitez pas le destin de Pyrrhus;
Je vous haïrais trop.

ORESTE. — Vous m'en aimeriez plus.
Ah ! que vous me verriez d'un regard bien contraire[11] !
Vous me voulez aimer, et je ne puis vous plaire;
Et, l'amour seul alors se faisant obéir,
Vous m'aimeriez, Madame, en me voulant haïr :
Ô Dieux ! tant de respects[12], une amitié si tendre[13]...
Que de raisons pour moi, si vous pouviez m'entendre !

---

1. Voir le v. 383. — 2. Le mot est habile : il peut donner à penser à Oreste qu'Hermione ne lui est pas hostile; les mots *seul* (v. 525) et *jamais* (v. 526) ouvrent également les portes de l'espoir. — 3. Voir le v. 167. — 4. Au vers 132, Pylade avait dit : « Quelquefois elle appelle Oreste à son secours. » Cléone, au v. 391, avait surenchéri : « le même Oreste — Dont vous avez cent fois souhaité le retour ». Hermione ne prend à son compte que les paroles de Pylade. — 5. Voir le commentaire de ce vers par Faguet, p. 119. — 6. Var : « Ouvrez *les* yeux. » La correction de Racine est d'ordre psychologique : Oreste invite Hermione à parler en son propre nom, par rapport à lui, Oreste, et non à travers quelque impératif familial ou politique. — 7. Nous écririons : me forçaient *à* estimer. — 8. Noter la valeur du conditionnel qui adoucit à peine la brutale expression de l'impuissance d'Hermione; éprouve-t-elle du regret? — 9. Je vous comprends. — 10. Voir le commentaire de ce vers par Faguet, p. 119. — 11. Différent. — 12. Actes de respect. — 13. Voir le v. 321.

Vous seule pour Pyrrhus disputez[1] aujourd'hui,
Peut-être malgré vous, sans doute malgré lui.
Car enfin il vous hait; son âme ailleurs éprise
N'a plus...

HERMIONE. — Qui vous l'[2]a dit, Seigneur, qu'il me méprise?
Ses regards, ses discours vous l'ont-ils donc appris?
Jugez-vous que ma vue inspire des mépris[3],
Qu'elle allume en un cœur des feux si peu durables?
Peut-être d'autres yeux me sont[4] plus favorables.

---

1. Discutez (luttez en paroles). — 2. Voir le v. 5. — 3. L'emploi du pluriel constitue ce qu'en grammaire latine on nomme le pluriel d'embellissement : l'expression devient plus noble. — 4. Construction relâchée, volontairement familière.

• **Les caractères** — Les rôles sont inversés : à partir du v. 537, Oreste devient lucide; au v. 550, un raz-de-marée passionnel submerge la raison d'Hermione.
— ORESTE devient pessimiste, ce qui est pour lui une forme de lucidité. Sa brutale observation du v. 549 est-elle consciente ou involontaire?
— HERMIONE, toujours orgueilleuse, essaie de sauver les apparences (v. 522-523) et se retranche derrière l'autorité paternelle. Elle est naturellement cruelle (v. 533-536), pas mécontente, au fond d'elle-même, d'avoir Oreste pour souffre-douleurs. Après qu'il l'a blessée, elle contre-attaque sans ménagement (v. 554).

• **Les mœurs** — L'obéissance de la jeune fille à ses parents est, au XVIIe s., un devoir absolu :

> Je saurai, s'il le faut, victime obéissante,
> Tendre au fer de Calchas une tête innocente,

déclarera Iphigénie. Plus simplement, Hermione dit (v. 523) : « Mon père l'ordonnait. »

① Étudiez ce jugement de M. Pierre Moreau (*Racine, l'homme et l'œuvre*, 1943) :
« Avec l'Oreste d'*Andromaque*, nous avons l'un des premiers exemples avoués de cet abandon qui détend tous les liens de la conscience et de l'action. Il connaît bien, d'avance, qu'il va à la rencontre de ce qu'il fait. Il s'inscrit en tête de cette lignée romantique des grands désespérés dont l'astre est mauvais. Il a leurs tristesses,

> cette mélancolie
> Où j'ai vu si longtemps votre âme ensevelie [v. 17-18],

comme a dit son ami Pylade. Il a leur frénésie de la catastrophe, leurs sarcasmes de révolte et de défi, ce sentiment du *malheur qui le suit* [v. 1556], de la contagion qui rend son approche mortelle. »

② Au prix de quelle légère transposition pourrait-on rendre cette scène comique?

③ « Hermione a le même sentiment de supériorité sur Oreste que Pyrrhus sur elle » (R. Picard, I, p. 1105).

ORESTE. — Poursuivez : il est beau de m'insulter ainsi.
Cruelle, c'est donc moi qui vous méprise ici?
Vos yeux n'ont pas assez éprouvé ma constance?
Je suis donc un témoin[1] de leur peu de puissance?
Je les ai méprisés? Ah! qu'ils voudraient bien voir
Mon rival, comme moi[2], mépriser leur pouvoir!

HERMIONE. — Que m'importe, Seigneur, sa haine ou sa tendresse?
Allez contre un rebelle[3] armer toute la Grèce;
Rapportez-lui le prix[4] de sa rébellion;
Qu'on fasse de l'Épire un second Ilion[5] .
Allez. Après cela direz-vous que je l'aime?

ORESTE. — Madame, faites plus, et venez-y vous-même.
Voulez-vous demeurer pour otage en ces lieux?
Venez dans tous les cœurs faire parler vos yeux[6].
Faisons de notre haine une commune attaque.

HERMIONE. — Mais, Seigneur, cependant[7], s'il épouse Andromaque?

ORESTE. — Hé! Madame.

HERMIONE. — Songez quelle honte pour nous
Si d'une Phrygienne[8] il devenait l'époux!

ORESTE. — Et vous le haïssez[9]? Avouez-le, Madame,
L'amour n'est pas un feu qu'on renferme en une âme :
Tout nous trahit, la voix, le silence[10], les yeux;
Et les feux mal couverts n'en éclatent que mieux.

HERMIONE. — Seigneur, je le vois bien, votre âme prévenue
Répand sur mes discours le venin[11] qui la tue,
Toujours dans mes raisons cherche quelque détour,
Et croit qu'en moi la haine est un effort d'amour.
Il faut donc m'expliquer : vous agirez ensuite.
Vous savez qu'en ces lieux mon devoir m'a conduite;
Mon devoir m'y retient, et je n'en puis partir
Que[12] mon père ou Pyrrhus ne m'en fasse sortir.

---

1. Une preuve. — 2. Aussi peu que moi (sens ironique). — 3. Le mot ne pourrait-il pas avoir un double sens? — 4. La punition, c'est-à-dire la guerre. — 5. *Ilion* est le nom grec de Troie; noter tout ce qu'il y a de bravade dans ce vers. — 6. Style précieux, il y a ici un véritable jeu de mots, une pointe. — 7. Sens étymologique : pendant ce temps-là. — 8. Terme de mépris : Hermione semble avoir été inspirée, dans sa colère, par le sentiment national plus que par l'amour. — 9. Voir le commentaire des v. 570-573 par Faguet, p. 119. — 10. Cf. ce que dit Néron dans *Britannicus* (v. 681-682) :

Vous n'aurez point pour moi de langages secrets :
J'entendrai des regards que vous croirez muets.

Mal couverts (v. 576) forme une proposition participale équivalant à cette proposition temporelle : lorsqu'ils sont mal couverts. — 11. Alliance hardie du concret et de l'abstrait. Le venin est « ce qui détruit le tempérament par quelques qualités malignes et occultes, et qui peut causer la mort » (*Dict. de l'Acad.*, 1694), donc un poison quelconque. — 12. Sans que. Vaugelas jugeait cette forme « très française et très élégante ».

De la part de mon père allez lui faire entendre[1]
Que l'ennemi des Grecs ne peut être son gendre :
Du Troyen[2] ou de moi faites-le décider;
Qu'il songe qui des deux il veut rendre ou garder;
Enfin qu'il me renvoie, ou bien qu'il vous le livre.
Adieu. S'il y consent, je suis prête à vous suivre.

---

1. Var. 1668-1676 : « *Au nom de Ménélas*, allez lui faire entendre. » Racine a voulu insister sur l'autorité paternelle, comme nous l'avons déjà fait remarquer p. 59. — 2. Hermione ne s'attaque pas encore à Andromaque. En s'en prenant au seul Astyanax, elle manifeste simplement un esprit patriotique. Mais, derrière ce mépris patriotique, on sent la haine de la rivale.

- **L'action** — Nous assistons à un rebondissement de l'action. Le refus d'Hermione devant l'évidence (l'amour de Pyrrhus pour Andromaque) lui interdit de se résigner. Qu'elle se résigne, et la pièce s'achève. Mais Racine est un dramaturge assez habile pour maintenir le spectateur en haleine, et trop fin pour ne pas prêter sa psychologie à ses héros. Hermione sait et sent qu'il est impossible qu'un parfait « cavalier » du XVIIe siècle, comme Pyrrhus, ait l'incivilité de la renvoyer, puisque ce serait contraire au code de l'honneur (v. 584 et 589).
- **La politique** — Par une sorte d' « auto-défense », Hermione substitue à un conflit sentimental un problème politique (v. 562, 564, 586). Le conflit n'est plus un simple conflit personnel, mais un aspect particulier des nécessités nationales : dans les mariages princiers, l'amour n'entre pas en ligne de compte. Le problème se pose de la même façon, *mutatis mutandis*, pour Hermione et pour Pyrrhus (voir le v. 286).
- **Conception de l'amour** — Les vers 574-576 montrent la conception de la société galante au XVIIe siècle, avec la vertu essentielle de discrétion que n'a pas observée Hermione (v. 457). Relire les pages de Mme de Lafayette où est menée de si délicate manière la scène du portrait, qui permet à la Princesse de Clèves et à M. de Nemours de s'apercevoir mutuellement de leur amour (*la Princesse de Clèves*, 2e partie).
- **Les caractères** — Nous sommes en pleine crise : la passion de Pyrrhus se heurte au refus d'Andromaque ; la passion d'Hermione se heurte au refus de Pyrrhus; la passion d'Oreste se heurte au refus d'Hermione. Et les passions contrariées mènent aisément au crime.

① « La cruauté d'Hermione, sans scrupule ni remords, répond à celle de Pyrrhus et à celle d'Oreste. Une lutte à mort est engagée, et comme les ardeurs ont la même violence, personne ne cédera. Tous périront » (R. Picard, I, p. 1105).

② Mais Hermione refuse de se voir telle que nous la voyons, telle qu'Oreste la voit (v. 573). Pour quelles raisons, selon vous, Racine lui a-t-il interdit la lucidité? Ne pourriez-vous citer d'autres personnages passionnés qui montrent un aveuglement semblable?

③ Quels sentiments vous inspire ici Hermione : sympathie? pitié? éloignement?

SCÈNE III. — ORESTE, *seul.*

Oui, oui, vous me suivrez, n'en doutez nullement :
Je vous réponds déjà de son consentement.
Je ne crains pas enfin que Pyrrhus la retienne :
Il n'a devant les yeux que sa chère Troyenne;
Tout autre objet[1] le blesse; et peut-être aujourd'hui
Il n'attend qu'un prétexte à[2] l'éloigner de lui.
Nous n'avons qu'à parler : c'en est fait[3]. Quelle joie
D'enlever à l'Épire une si belle proie!
Sauve tout ce qui reste et de Troie et d'Hector,
Garde son fils, sa veuve, et mille autres encor,
Épire : c'est assez qu'Hermione rendue[4]
Perde à jamais tes bords et ton prince de vue[5].
Mais un heureux destin le conduit en ces lieux.
Parlons. A tant d'attraits, Amour[6], ferme ses yeux.

SCÈNE IV. — PYRRHUS, ORESTE, PHŒNIX.

PYRRHUS. — Je vous cherchais, Seigneur. Un peu de violence
M'a fait de vos raisons combattre la puissance,
Je l'avoue; et depuis que je vous ai quitté,
J'en ai senti la force et connu[7] l'équité.
J'ai songé, comme vous, qu'à la Grèce, à mon père,
A moi-même, en un mot, je devenais contraire[8];
Que je relevais Troie, et rendais imparfait
Tout ce qu'a fait Achille et tout ce que j'ai fait.
Je ne condamne plus un courroux légitime[9],
Et l'on vous va, Seigneur, livrer votre victime.

ORESTE. — Seigneur, par ce conseil[10] prudent et rigoureux,
C'est acheter la paix du[11] sang d'un malheureux.

PYRRHUS. — Oui, mais je veux, Seigneur, l'assurer davantage :
D'une éternelle paix Hermione est le gage;
Je l'épouse. Il semblait qu'un spectacle si doux
N'attendît en ces lieux qu'un témoin tel que vous.

1. Femme aimée, dans le langage galant. — 2. *A* est volontiers employé dans des cas où nous dirions : pour. — 3. Non car, à ce moment même, « Pyrrhus s'est déjà ravisé : poussé à bout par les mépris d'Andromaque, il va livrer Astyanax » (R. Picard, *op. cit.*, I, p. 1106). — 4. Construction latine du participe : rendue à moi, à mon amour. — 5. Perdre de vue tes bords et ton prince; le vers s'élargit sans doute au-delà du spatial et même du temporel, mais perd un peu en clarté. — 6. Voir le v. 439. — 7. Reconnu. — 8. Ce vers résume le discours d'Oreste (v. 143-172). — 9. Le vôtre, celui des Grecs. — 10. Cette décision. — 11. La phrase est rompue par une anacoluthe, et signifie : Seigneur, par ce conseil prudent et rigoureux, vous achetez la paix.

Vous y représentez tous les Grecs et son père,
Puisqu'en vous Ménélas voit revivre son frère[1].
Voyez-la donc. Allez. Dites-lui que demain
J'attends, avec la paix, son cœur de votre main.

ORESTE. — Ah ! Dieux !

SCÈNE V. — PYRRHUS, PHŒNIX.

PYRRHUS. — Hé bien, Phœnix, l'amour est-il le maître?
Tes yeux refusent-ils encor de me connaître?

PHŒNIX. — Ah ! je vous reconnais; et ce juste courroux,
Ainsi qu'à tous les Grecs, Seigneur, vous rend à vous.
Ce n'est plus le jouet d'une flamme servile[2] :
C'est Pyrrhus, c'est le fils et le rival d'Achille
Que la gloire à la fin ramène sous ses lois,
Qui triomphe de Troie une seconde fois.

PYRRHUS. — Dis plutôt qu'aujourd'hui commence ma victoire.
D'aujourd'hui seulement je jouis de ma gloire[3];
Et mon cœur, aussi fier que tu l'as vu soumis,
Croit avoir en l'amour vaincu mille ennemis.
Considère, Phœnix, les troubles que j'évite,
Quelle foule de maux l'amour traîne à sa suite,
Que d'amis, de devoirs, j'allais sacrifier,
Quels périls... Un regard m'eût tout fait oublier.
Tous les Grecs conjurés fondaient[4] sur un rebelle.
Je trouvais du plaisir à me perdre pour elle.

---

1. Tournure un peu forcée : puisque vous êtes le fils du frère de Ménélas. — 2. Au sens propre, puisque Pyrrhus aime une esclave. — 3. Quand Pyrrhus se croit « maître de lui comme de l'univers », il emploie tout naturellement des mots du vocabulaire cornélien. — 4. L'imparfait équivaut à un conditionnel.

• **L'action** — Nous avons ici un véritable coup de théâtre; montrez son importance en opposant les v. 594 et 614.

① Appliquez à ce passage ces mots de Racine à son fils : « Une des choses qui m'a fait le plus de bien, c'est d'avoir passé ma jeunesse dans une société de gens qui se disaient assez volontiers leurs vérités et qui ne s'épargnaient guère les uns les autres sur leurs défauts. »

② Expliquez et commentez ce jugement de M. Raymond Picard (*op. cit.*, I, p. 1107) : « La méchanceté de Pyrrhus (v. 619-620) pour Oreste est comme la forme psychologique de l'ironie tragique du sort. L'étrange ambassadeur, se démentant lui-même, a déjà condamné en deux vers (615-616) la décision qui fait le succès de sa mission. »

PHŒNIX. — Oui, je bénis, Seigneur, l'heureuse cruauté[1]
Qui vous rend...
PYRRHUS. — Tu l'[2]as vu comme elle m'a traité.
Je pensais, en voyant sa tendresse alarmée,
Que son fils me la dût renvoyer désarmée.
J'allais voir le succès[3] de ses embrassements :
Je n'ai trouvé que pleurs mêlés d'emportements.
Sa misère l'aigrit; et, toujours plus farouche[4],
Cent fois le nom d'Hector est sorti de sa bouche.
Vainement à son fils j'assurais mon secours :
« C'est Hector, disait-elle en l'embrassant toujours;
Voilà ses yeux, sa bouche, et déjà son audace[5];
C'est lui-même, c'est toi, cher époux, que j'embrasse. »
Et quelle est sa pensée? Attend-elle en ce jour
Que je lui laisse un fils pour nourrir son amour?
PHŒNIX. — Sans doute, c'est le prix que vous gardait l'ingrate.
Mais laissez-la, Seigneur.
PYRRHUS. — Je vois ce qui la flatte[6].
Sa beauté la rassure; et, malgré mon courroux,
L'orgueilleuse m'attend encore à ses genoux.
Je la verrais aux miens, Phœnix, d'un œil tranquille.
Elle est veuve d'Hector, et je suis fils d'Achille :
Trop de haine sépare Andromaque et Pyrrhus[7].
PHŒNIX. — Commencez donc, Seigneur, à ne m'en parler plus.
Allez voir Hermione; et, content[8] de lui plaire,
Oubliez à ses pieds jusqu'à votre colère.
Vous-même à cet hymen venez la disposer.
Est-ce sur un rival qu'il s'en faut reposer?
Il ne l'aime que trop.
PYRRHUS. — Crois-tu, si je l'épouse,
Qu'Andromaque en son cœur n'en sera pas jalouse[9]?

1. L'alliance de mots n'a rien d'artificiel, puisqu'elle signifie exactement ce qu'il fallait. — 2. Voir le v. 5. — 3. Sens latin de *successus* : résultat, favorable ou défavorable. — 4. Construction par syllepse : *farouche* se rapporte à Andromaque et non au *nom d'Hector*, comme l'exigerait la logique. — 5. Cf. Virgile, *Énéide*, III, 490, qui met ces mots dans la bouche d'Andromaque : *Sic oculos, sic ille manus, sic ora ferebat*, « Tels étaient ses yeux, ses mains, son visage ». Cf. également Sénèque, *les Troyennes* (v. 462 et 465-468) : « Mon fils! descendant non douteux d'un père illustre! Tu ressembles tant à ton père! Mon Hector avait ce visage; c'est bien ainsi qu'était sa démarche, ainsi son allure; c'est bien ainsi qu'il présentait ses mains de héros; telle était sa carrure, tel il menaçait de son front farouche. » — 6. La trompe, lui fait illusion. — 7. Noter le jeu des noms propres, opposés ou accouplés. L'obstacle évoqué par Pyrrhus est celui même qu'Andromaque lui opposait aux v. 359-362. — 8. Vous contentant de... — 9. A propos de ces vers, Louis Racine, dans ses *Mémoires*, rapporte : « Je me souviens d'avoir entendu dire à Boileau qu'il avait longtemps comme un autre admiré cette scène, mais qu'il avait depuis changé de sentiment, ayant reconnu qu'elle ne convenait point à la dignité de la Tragédie. » Voir le commentaire fait par Faguet, p. 119.

PHŒNIX. — Quoi! toujours Andromaque occupe votre esprit?
Que vous importe, ô Dieux! sa joie ou son dépit?
Quel charme[1], malgré vous, vers elle vous attire?

PYRRHUS. — Non, je n'ai pas bien dit tout ce qu'il lui faut dire :
Ma colère à ses yeux n'a paru qu'à demi;
Elle ignore à quel point je suis son ennemi.
Retournons-y[2]. Je veux la braver à sa vue,
Et donner à ma haine une libre étendue.
Viens voir tous ses attraits, Phœnix, humiliés[3].
Allons.

---

1. Voir le v. 31. — 2. Voir le v. 354. — 3. Le rejet en fin de vers du mot *humiliés* lui donne une signification très riche.

- **L'action** — Le récit de Pyrrhus (v. 644-656) explique le revirement du v. 614.
Son désir puéril d'aller *braver* Andromaque (v. 677) prépare un nouveau revirement. Le spectateur est tenu en haleine.
Réalisme ou comique ? — A la représentation de cette scène, particulièrement des v. 676-680, « le public rit presque aussi haut qu'à une scène de comédie », rapporte l'abbé du Bos (d'où les réflexions de Boileau citées p. 64, n 9.). De fait, la situation de Pyrrhus est comique : « Son comportement est *mécanisé* par sa passion, comme celui d'un personnage de comédie par son ridicule » (R. Picard, I, p. 1107). Mais l'acteur ne doit pas mettre en relief ce trait de caractère, qui doit s'inscrire dans le contexte tragique.

- **Les caractères** — PYRRHUS est jaloux de l'ombre d'Hector (v. 651-654).
Il laisse éclater la naïveté de la jeunesse au v. 670 : vous le commenterez.
Bien qu'elle soit absente, ANDROMAQUE intervient dans cette scène; par Pyrrhus, nous apprenons que l'imminence du danger n'a provoqué chez elle aucun fléchissement, suscité aucune défaillance (v. 648-649).
PHŒNIX a la lucidité et la familiarité du spectateur. Comme Cléone, il se substitue au personnage principal pour découvrir la ligne de conduite souhaitable.

- **Le classicisme** — *La raison* ne perd pas ses droits, puisqu'elle est au moins représentée par le confident.
— *Les règles :* un récit remplace l'entrevue d'Andromaque et de Pyrrhus pour éviter la monotonie et conserver l'unité de lieu.

- **Mise en scène** — Au v. 644, Pyrrhus ne coupe pas la parole à Phœnix : il ne l'écoute plus, ayant retrouvé devant lui l'image de la personne qui l'obsède, Andromaque. Pour lui, comme pour tout passionné, « un seul être vous manque et tout est dépeuplé ».

PHŒNIX. — Allez, Seigneur, vous jeter à ses pieds.
Allez, en lui jurant que votre âme l'adore,
A de nouveaux mépris l'encourager encore.

PYRRHUS. — Je le vois bien, tu crois que prêt à l'excuser
Mon cœur court après elle et cherche à s'apaiser.

PHŒNIX. — Vous aimez : c'est assez.

PYRRHUS. — Moi, l'aimer? une ingrate
Qui me hait d'autant plus que mon amour la flatte[1]?
Sans parents, sans amis, sans espoir que[2] sur moi,
Je puis perdre son fils; peut-être je le doi[3].
Étrangère... que dis-je? esclave dans l'Épire,
Je lui donne son fils, mon âme, mon empire;
Et je ne puis gagner dans son perfide cœur
D'autre rang que celui de son persécuteur?
Non, non, je l'ai juré, ma vengeance est certaine :
Il faut bien une fois justifier sa haine.
J'abandonne son fils. Que de pleurs vont couler!
De quel nom sa douleur me va-t-elle appeler!
Quel spectacle pour elle aujourd'hui se dispose[4]!
Elle en mourra, Phœnix, et j'en serai la cause.
C'est lui mettre moi-même un poignard dans le sein.

PHŒNIX. — Et pourquoi donc en[5] faire éclater le dessein?
Que ne consultiez-vous tantôt votre faiblesse?

PYRRHUS. — Je t'entends. Mais excuse un reste de tendresse.
Crains-tu pour ma colère un si faible combat?
D'un amour qui s'éteint c'est le dernier éclat.
Allons. A tes conseils, Phœnix, je m'abandonne.
Faut-il livrer son[6] fils? faut-il voir Hermione?

PHŒNIX. — Oui, voyez-la, Seigneur, et par des vœux soumis
Protestez-lui...[7]

PYRRHUS. — Faisons tout ce que j'ai promis.

---

1. Lui donne de l'espérance; les vers qui suivent justifient cette interprétation. « De quoi viens-tu flatter mon esprit désolé? », demande de la sorte Phèdre, dans la scène 1 du IIIe acte. En tout cas on ne peut comprendre « l'honore », qui constituerait un véritable contre-sens par rapport à la psychologie d'Andromaque et de Pyrrhus. — 2. Si ce n'est. — 3. Pour faciliter la rime, les poètes du XVIIe siècle utilisent les verbes *faire, dire, craindre, prendre, croire, devoir, savoir, voir,* sans *s* à la première personne du singulier du présent de l'indicatif. C'est d'ailleurs l'orthographe étymologique. — 4. Est préparé. — 5. *En* se rapporte à l'idée exprimée par Pyrrhus ; pourquoi étaler ce dessein cruel : livrer Astyanax aux Grecs? — 6. L'adjectif possessif est employé ici avec sa valeur affective; il y aurait eu moins de tendresse dans « le fils d'Andromaque ». — 7. Promettez-lui.

- **L'action** — Comme le premier, le second acte s'achève sur une décision, mais on mesurera la fragilité de cette décision en observant que c'est Phœnix qui conserve l'initiative : il essaye de provoquer, chez Pyrrhus, un sursaut de dignité et lui rappelle la parole donnée (v. 707-708).
Cette conclusion provisoire est très conforme à l'art classique et, plus particulièrement peut-être, à l'art racinien. Puisque l'action est tout intérieure et que Racine répugne à accumuler, comme Corneille, les obstacles extérieurs, il est logique que l'on s'attende à des rebondissements tant que le principal intéressé n'aura pas choisi, sans retour, une détermination. Héros cornélien, Pyrrhus eût fait un bilan de la situation, et sa « gloire » lui eût dicté de renoncer à une entrevue périlleuse. Héros racinien, il confère avec son confident, mais, au lieu d'écouter Phœnix, il entend Andromaque, et il sauve sa dignité par une décision dont il sait parfaitement qu'elle restera sur le bord de ses lèvres.

- **Les caractères** — PHŒNIX, irrité dans son sens de la logique (v. 700-701), prévoit les actes de Pyrrhus et déduit leurs conséquences, mais il est incapable d'entrer dans ses sentiments.
PYRRHUS laisse à Phœnix l'initiative (v. 705). Mais n'y a-t-il pas là une pauvre habileté d'homme sans volonté qui se réserve le droit de rejeter les responsabilités sur son conseiller si les choses tournent mal? Ou bien n'y a-t-il pas une sorte d'abandon dramatique? Hors la présence d'Andromaque, rien n'existe, pour Pyrrhus, que des mots.

- **L'amour** — L'amour est une faiblesse (v. 685) et le cœur a sa logique, qu'un homme de bon sens comme Phœnix ne peut comprendre; conception *janséniste* qui rappelle celle de Pascal : « Le cœur a ses raisons que la raison ne connaît pas. »

① Relevez ici divers aspects du style poétique de Racine.

② Commentez ce jugement de M. Pierre Moreau (*op cit.*, p. 101) : « En marge du *Banquet*, Racine a écrit : « Comédie et tragédie est du même génie. » Son tragique est assez souple, assez divers, pour admettre le drame bourgeois et la comédie [...] Toute une scène d'*Andromaque*, la cinquième de l'acte II, est en répliques de comédie. »

③ Commentez ce jugement porté sur la préciosité d'*Andromaque* par Henry Bidou (*Histoire de la littérature française* de Bédier et Hazard, 1924) :
« Il reste assurément de la pastorale et du roman dans *Andromaque*. Cette suite de personnages qui aiment sans être aimés vient de l'Arcadie bien plutôt que de l'Épire. Ces souvenirs de roman sont encore reconnaissables dans *Bérénice* et jusque dans *Phèdre*, où Aricie est une grande princesse d'abord rebelle à l'amour, puis vaincue par lui, un vrai personnage à la Scudéry. Mais ces souvenirs ne sont que des traces. Ce qui est nouveau et incomparable, c'est la force, la vérité, la variété de la passion. »

④ Montrez, par une étude méthodique des répliques de Phœnix dans cette scène, que les confidents n'ont pas un rôle simplement épisodique.

⑤ « Ce qui sépare le vers de Racine, le vers de Valéry, du vers romantique : celui-ci fait du bruit, le leur est chargé de silence » (F. Mauriac, *Mémoires intérieurs*, 1959, p. 105).

ACTE III

Scène première. — ORESTE, PYLADE.

PYLADE. — Modérez donc, Seigneur, cette fureur[1] extrême.
Je ne vous connais[2] plus : vous n'êtes plus vous-même.
Souffrez...

ORESTE. — Non, tes conseils ne sont plus de saison[3],
Pylade, je suis las d'écouter la raison[4].
C'est traîner trop longtemps ma vie et mon supplice.
Il faut que je l'enlève ou bien que je périsse.
Le dessein en est pris, je le veux achever[5].
Oui, je le veux.

PYLADE. — Hé bien, il la faut enlever;
J'y consens. Mais songez cependant où vous êtes.
Que croira-t-on de vous, à voir ce que vous faites?
Dissimulez : calmez ce transport inquiet[6],
Commandez à vos yeux de garder le secret.
Ces gardes, cette cour, l'air qui vous environne,
Tout dépend de Pyrrhus, et surtout Hermione[7].
A ses regards surtout cachez votre courroux.
Ô Dieux! en cet état pourquoi la cherchiez-vous?

ORESTE. — Que sais-je? De moi-même étais-je alors le maître?
La fureur m'emportait, et je venais peut-être
Menacer à la fois l'ingrate et son amant.

PYLADE. — Et quel était[8] le fruit de cet emportement?

ORESTE. — Et quelle âme, dis-moi, ne serait éperdue[9]
Du[10] coup dont ma raison vient d'être confondue?

---

1. Le mot est employé, ici encore, dans le sens de *folie*. Chaque fois que paraît Oreste, Racine souligne, d'une manière ou d'une autre, qu'il s'agit d'un véritable possédé. — 2. Reconnais. — 3. La *saison* est « le temps propre pour faire quelque chose. Il se dit dans les choses morales. *Il n'est plus de saison de délibérer, il faut agir* » (*Dict. de l'Acad.*, 1694). La locution est familière et peu employée par les tragiques. — 4. Ce vers situe exactement Oreste : il est le contraire même d'un héros cornélien. — 5. Voir le v. 128. Littré donne ce vers en exemple pour le sens de : rendre complet. — 6. Var. « *Faites taire*, Seigneur, ce transport inquiet. » Les deux impératifs juxtaposés donnent évidemment beaucoup plus d'émotion aux exhortations pressantes de Pylade. — 7. Racine a supprimé une simple préposition dans le vers primitif (*Tout dépend de Pyrrhus, et surtout d'Hermione*) mais, ce faisant, il a transformé une formule banale en un beau vers où le nom d'*Hermione*, déjà allongé par la diérèse (*mi-one*), prend une ampleur souveraine. — 8. Quel devait être? — 9. Éperdu : « Qui est profondément troublé par la crainte, ou par une passion quelconque » (Littré). — 10. Voir le v. 153.

Il épouse, dit-il, Hermione demain;
Il veut, pour m'honorer, la tenir de ma main.
Ah ! plutôt cette main dans le sang du barbare[1]...

PYLADE. — Vous l'accusez, Seigneur, de ce destin bizarre[2].
Cependant, tourmenté de ses propres desseins,
Il est peut-être à plaindre autant que je vous plains.

---

1. Vers de préparation, qui amorce le dénouement. Pyrrhus est un barbare parce qu'il pousse la cruauté jusqu'à vouloir recevoir Hermione de la main même d'Oreste. — 2. *Bizarre* « signifie fantasque, bourru, capricieux, fâcheux, importun, désagréable » (*Dict. de l'Acad.*, 1694); vous accusez Pyrrhus d'être le responsable d'une situation bizarre que le destin a voulue.

- **L'action** — Oreste (voir le commentaire de J. Scherer, p. 121) a pris une décision qui annonce le dénouement. D'ailleurs, au vers 730, il pressent sa folie et, au vers 733, il laisse prévoir le meurtre de Pyrrhus.

- **Les caractères** — ORESTE est encore pleinement lucide : s'il évoque sa folie, c'est à l'imparfait (v. 725-726) ou bien au conditionnel (v. 729). Il exerce pour la première fois sa volonté (v. 715-716).
PYLADE se montre d'une soumission absolue, mais parce qu'il traite Oreste en malade. Le plus qu'il espère obtenir de lui, c'est la dissimulation (v. 719); il ne tente même pas de le dissuader.
Oreste et Pylade forment un de ces couples chargés de représenter la forme la plus haute de l'amitié, comme Nisus et Euryale ou Achille et Patrocle. On sait que le thème de l'amitié, de Platon à Montaigne, en passant par Sénèque, a fourni la matière de beaucoup de dissertations philosophiques.

  ① Vous commenterez ce que La Fontaine dit de l'amitié (*Fables*, VIII, 11) en utilisant l'exemple d'Oreste et de Pylade.

- **Racine psychologue** — Racine parle « en clinicien ». Du clinicien, en effet, il a :
— Le vocabulaire : *fureur*, v. 709; *transport*, v. 719; *éperdue*, v. 729.
— Le diagnostic : la folie est un dédoublement de la personnalité, ou, plus exactement, une dissociation (v. 710) dont le sujet peut être conscient (v. 725).

  ② Appliquez à Oreste ce jugement de Louis Jouvet (*Témoignages sur le théâtre*, 1952, p. 176) :
  « Ange ou démon, par son courage, par la gratuité de son action, par les problèmes supérieurs auxquels il s'attaque, le héros a quelque chose de surhumain. Auréolé d'une lumière surnaturelle, monstrueux, excessif, fanatique, disproportionné de toutes façons, le héros vit dans l'excès. Il passe la mesure et les bornes communes de notre vie. Qu'il soit Oreste, Pyrrhus ou Lorenzaccio, il est rempli, débordant de passions qui ne touchent notre vie mesquine que par de fugitives clartés. Ce que la vie quotidienne nous empêche d'éprouver afflue en eux dans une condensation qui les transfigure. »

ORESTE. — Non, non, je le connais, mon désespoir le flatte[1];
Sans moi, sans mon amour, il dédaignait[2] l'ingrate;
Ses charmes jusque-là n'avaient pu le toucher :
Le cruel ne la prend que pour me l'arracher.
Ah! Dieux! c'en était fait[3] : Hermione gagnée[4]
Pour jamais de sa vue allait être éloignée.
Son cœur, entre l'amour et le dépit confus[5],
Pour se donner à moi n'attendait qu'un refus;
Ses yeux s'ouvraient, Pylade; elle écoutait Oreste,
Lui parlait, le plaignait. Un mot eût fait le reste.

PYLADE. — Vous le croyez.

ORESTE. — Hé quoi! ce courroux enflammé
Contre un ingrat...

PYLADE. — Jamais il ne fut plus aimé.
Pensez-vous, quand[6] Pyrrhus vous l'aurait accordée,
Qu'un prétexte tout prêt ne l'eût pas retardée?
M'en croirez-vous? Lassé de ses trompeurs attraits,
Au lieu de l'enlever, fuyez-la pour jamais[7].
Quoi! votre amour se veut charger d'une furie
Qui vous détestera[8], qui, toute votre vie,
Regrettant un hymen tout prêt à s'achever,
Voudra...

ORESTE. — C'est pour cela que je veux l'enlever.
Tout lui rirait, Pylade; et moi, pour mon partage,
Je n'emporterais donc qu'une inutile rage[9]?
J'irais loin d'elle encor tâcher de l'oublier?
Non, non, à mes tourments je veux l'associer.
C'est trop gémir tout seul. Je suis las qu'on me plaigne[10] :
Je prétends qu'à mon tour l'inhumaine me craigne,
Et que ses yeux cruels, à pleurer condamnés,
Me rendent tous les noms que je leur ai donnés.

PYLADE. — Voilà donc le succès[11] qu'aura votre ambassade :
Oreste ravisseur!

ORESTE. — Et qu'importe, Pylade?
Quand nos États vengés jouiront de mes soins,
L'ingrate de mes pleurs jouira-t-elle moins?
Et que me servira que la Grèce m'admire,
Tandis que je serai la fable de l'Épire?

1. Lui fait plaisir : le sens n'est pas le même qu'au vers 686. — 2. L'imparfait a la valeur du conditionnel, mais marque une réalisation plus rapide de l'hypothèse. — 3. L'indicatif signifie que, pour Oreste, l'action est réellement accomplie. — 4. La construction participale donne force de réalité à l'illusion d'Oreste. — 5. Hésitant. — 6. En admettant que. — 7. Var. 1668-1673 : « Au lieu de l'enlever, *Seigneur, je la fuirais.* » — 8. Sens très fort : vouera aux puissances infernales. — 9. Voir le v. 52. — 10. Voir le v. 746. — 11. Voir le v. 647.

Que veux-tu[1]? Mais, s'il faut ne te rien déguiser,
Mon innocence enfin commence à me peser[2].
Je ne sais de tout temps quelle injuste puissance
Laisse le crime en paix et poursuit l'innocence.
De quelque part sur moi que je tourne les yeux[3],
Je ne vois que malheurs qui condamnent les Dieux.
Méritons leur courroux, justifions leur haine,
Et que le fruit du crime en précède la peine[4].
Mais toi, par quelle erreur veux-tu toujours sur toi
Détourner un courroux qui ne cherche que moi?
Assez et trop longtemps mon amitié t'accable [5]:
Évite un malheureux, abandonne un coupable.
Cher Pylade, crois-moi, ta pitié te séduit[6];
Laisse-moi des périls dont j'attends tout le fruit.
Porte aux Grecs cet enfant que Pyrrhus m'abandonne.
Va-t'en.

1. Tournure familière comme on en rencontre assez fréquemment chez Racine. Ce mélange des tons — qui jamais ne manque de dignité — explique en partie le parfait naturel de son théâtre. Racine répugne à l'enflure, dont Corneille n'est pas toujours exempt. — 2. Phèdre connaîtra les mêmes tourments et pour les mêmes raisons; elle aussi sera marquée par la fatalité, et elle en sera consciente. Pas plus qu'Oreste elle ne pourra connaître le repos, mais seulement des répits. On a rappelé à ce propos le mot de Jules Lemaître : « Tout en gardant leur caractère individuel, [les figures de Racine] sont contemporaines d'une longue série de siècles. » — 3. Quelle que soit la partie de mon existence que je considère. — 4. Cri de révolte religieuse : puisque, de toute façon, les dieux se comportent de manière cruelle avec les mortels, mieux vaut justifier leur courroux. N'y aurait-il pas là une plainte orgueilleuse de janséniste inquiet? — 5. Chez Euripide (*Oreste*), Oreste dit de même : « Infortuné! je vois que mes maux vont encore retomber sur toi. » — 6. Sens étymologique : te détourne du droit chemin.

- **L'action et la langue** — Oreste et Pylade imaginent tous les deux leur avenir, mais, pour Pylade, il est au futur (v. 754, 756), et, pour Oreste, au conditionnel (v. 757-759); ce qui n'empêche pas Oreste de parler au présent pour envisager l'avenir qu'il veut vraiment réaliser (v. 760-764).
- **Les caractères** — La passion rend ORESTE égoïste (v. 760), mais ce n'est pas tant par cruauté que par désir d'égalité dans le malheur, de farouche besoin de revanche. La Rochefoucauld aurait pu penser à lui, quand il écrivait : « Si l'on juge de l'amour par la plupart de ses effets, il ressemble plus à la haine qu'à l'amitié. »
  En reprenant, grâce à la *rage*, une certaine virilité, ORESTE restitue à l'homme son rôle traditionnel qui est de s'imposer (v. 762).
- **L'art de Racine** — Conformément à sa conception de la structure d'une tragédie, Racine préfigure ici encore le dénouement (le v. 764 correspond aux vers 1581-1582).
  ① Commentez ces lignes de la *Poétique* d'Aristote, traduites par Racine (voir plus haut. p. 32) : « Les mœurs (ou autrement le caractère), c'est ce qui rend un homme tel ou tel (c'est-à-dire bon ou méchant), et le sentiment (marque la disposition de l'esprit) lorsqu'il se déclare par les paroles (qui font connaître dans quel sentiment nous sommes). »

PYLADE. — Allons, Seigneur, enlevons Hermione.
Au travers des périls un grand cœur[1] se fait jour.
Que ne peut l'amitié conduite par l'amour[2]?
Allons de tous vos Grecs encourager le zèle :
Nos vaisseaux sont tout prêts, et le vent nous appelle[3].
Je sais de ce palais tous les détours obscurs[4];
Vous voyez que la mer en vient battre les murs;
Et cette nuit, sans peine, une secrète voie
Jusqu'en votre vaisseau conduira votre proie.

ORESTE. J'abuse, cher ami, de ton trop d'amitié.
Mais pardonne à des maux dont toi seul as pitié;
Excuse un malheureux qui perd tout ce qu'il aime,
Que tout le monde hait, et qui se hait lui-même.
Que ne puis-je à mon tour dans un sort plus heureux...

PYLADE. Dissimulez[5], Seigneur, c'est tout ce que je veux.
Gardez[6] qu'avant le coup[7] votre dessein n'éclate :
Oubliez jusque-là qu'Hermione est ingrate;
Oubliez votre amour. Elle vient, je la voi[8].

ORESTE. — Va-t'en. Réponds-moi d'elle, et je réponds de moi.

Scène II. — HERMIONE, ORESTE, CLÉONE.

ORESTE. Hé bien! mes soins vous ont rendu votre conquête.
J'ai vu Pyrrhus, Madame, et votre hymen s'apprête.

HERMIONE. — On le dit; et de plus on vient de m'assurer
Que vous ne me cherchiez que pour m'y préparer.

ORESTE. — Et votre âme à ses vœux ne sera pas rebelle?

HERMIONE. Qui l[9]'eût cru, que Pyrrhus ne fût point infidèle?
Que sa flamme attendrait si tard pour éclater?
Qu'il reviendrait à moi quand je l'allais quitter?
Je veux croire avec vous qu'il redoute la Grèce,
Qu'il suit son intérêt plutôt que sa tendresse,
Que mes yeux[10] sur votre âme étaient plus absolus.

1. Sens étymologique (et cornélien) : courage. — 2. Noter l'alliance du concret et de l'abstrait. *Amitié* est employé ici dans son sens propre, et non (par litote) dans le sens d'amour qu'il a au vers 903. — 3. A propos de cet élargissement de l'unité de lieu par un décor hors palais, voir p. 36. — 4. Cf. *Bajazet* : « Nourri dans le sérail, j'en connais les détours ». — 5. Voir le v. 719. — 6. Prenez garde que. — 7. Le mot n'a pas ici le sens familier qu'il a pris aujourd'hui; il signifie « une action mauvaise, ou tout au moins une action hardie » (Littré). — 8. Voir le v. 688. — 9. Voir le v. 5. — 10. Le pouvoir de mes yeux.

ORESTE. — Non, Madame; il vous aime, et je n'en doute plus.
Vos yeux ne font-ils pas tout ce qu'ils veulent faire?
Et vous ne vouliez pas sans doute[1] lui déplaire.

HERMIONE. — Mais que puis-je, Seigneur? On a promis ma foi.
Lui ravirai-je un bien qu'il ne tient pas de moi?
L'amour ne règle pas le sort d'une princesse :
La gloire d'obéir est tout ce qu'on nous laisse[2].
Cependant je partais, et vous avez pu voir
Combien je relâchais[3] pour vous de mon devoir.

ORESTE. — Ah! que vous saviez bien, cruelle... Mais, Madame,
Chacun peut à son choix disposer de son âme.
La vôtre était à vous. J'espérais; mais enfin
Vous l'avez pu donner sans me faire un larcin.
Je vous accuse aussi bien moins que la fortune[4].
Et pourquoi vous lasser d'une plainte importune?
Tel est votre devoir, je l'avoue; et le mien
Est de vous épargner un si triste entretien.

---

1. Sans aucun doute. — 2. Noter la valeur de l'impersonnel, qui range Hermione dans une catégorie et lui interdit toute initiative personnelle. La multiplication des syllabes longues (*oi, ou, on, ou, ai*) donne l'illusion d'une mélancolie qu'elle n'éprouve d'ailleurs pas, mais qu'elle juge utile de faire paraître. — 3. Je me relâchais; l'emploi des verbes réfléchis n'était pas encore fixé au XVIIe siècle. — 4. La fatalité; Oreste ne doit jamais laisser oublier qu'il est le jouet du *Fatum*.

- **L'action** — Le spectateur, qui embrasse les intérêts d'Oreste, se demande s'il aura la force de se maîtriser malgré ses affirmations (v. 804).
- **Les caractères** — PYLADE (v. 787-794) pousse le culte de l'amitié jusqu'au sacrifice.
  — HERMIONE se montre *cruelle* (v. 807-808); mais, princesse, elle conserve le souci de sa *dignité* (v. 812). Une intuitive finesse lui permet de prévenir les objections possibles d'Oreste (v. 821).
  — ORESTE a la prudence de reprendre un ton froidement courtois, quand il sent qu'il va se laisser emporter (v. 825), mais une véritable obsession de la fatalité pèse sur lui (v. 829). Cependant, il a, lui aussi, sa dignité, et ne veut pas donner à Hermione la joie de le voir souffrir.
  ① Discutez ce jugement de Jules Lemaître (*Racine*, 1908) : « Ce qui distingue Hermione, c'est une certaine candeur violente de créature encore intacte, une hardiesse à tout dire qui sent la fille de roi et l'enfant trop adulée, toute pleine à la fois d'illusions et d'orgueil; qui est passionnée, mais qui n'est pas tendre, l'expérience amoureuse lui manquant, et qui n'a pas de pitié. Et ainsi elle garde, au milieu de sa démence d'amour, son caractère de vierge, de grande fille hautaine et mal élevée — absoute de son crime par son ingénuité quand même, et par son atroce souffrance. »
  ② N'avez-vous pas l'impression que Racine témoigne, pour le personnage d'Oreste, d'une singulière pitié? « Car Oreste, c'est lui. Il a son âge, à peine trente ans. Il est mélancolique comme lui... » (A. Adam, IV, p. 315).

Scène III. — HERMIONE, CLÉONE.

HERMIONE. — Attendais-tu, Cléone, un courroux si modeste[1]?

CLÉONE. — La douleur qui se tait n'en est que plus funeste.
Je le plains : d'autant plus qu'auteur[2] de son ennui[3],
Le coup qui l'a perdu n'est parti que de lui.
Comptez depuis quel temps votre hymen se prépare.
Il a parlé, Madame, et Pyrrhus se déclare.

HERMIONE. — Tu crois que Pyrrhus craint[4]? Et que craint-il encor?
Des peuples qui, dix ans, ont fui devant Hector;
Qui cent fois, effrayés de l'absence d'Achille,
Dans leurs vaisseaux brûlants[5] ont cherché leur asile,
Et qu'on verrait encor, sans l'appui de son fils[6],
Redemander Hélène aux Troyens impunis?
Non, Cléone, il n'est point ennemi de lui-même :
Il veut tout ce qu'il fait; et, s'il m'épouse, il m'aime.
Mais qu'Oreste à son gré m'impute ses douleurs :
N'avons-nous d'entretien que celui de ses pleurs?
Pyrrhus revient à nous. Hé bien! chère Cléone,
Conçois-tu les transports de l'heureuse Hermione?
Sais-tu quel[7] est Pyrrhus? T'es-tu fait raconter
Le nombre des exploits[8]... Mais qui les peut compter?
Intrépide, et partout suivi de la victoire,
Charmant, fidèle enfin[9], rien ne manque à sa gloire[10].
Songe...

---

1. « Qui a de la modération [...]. *Un conquérant modeste en sa victoire est doublement glorieux* » (*Dict.* de Furetière, 1694). — 2. *Auteur* se rapporte à Oreste; grammaticalement, il se rapporterait aujourd'hui au sujet, *coup*. Nous avons observé une syntaxe de ce genre au vers 137. — 3. Voir le v. 45. — 4. Par cette interrogation, Hermione se démasque : elle voudrait se prouver à elle-même que le revirement de Pyrrhus est spontané. — 5. Au sens propre, puisqu'ils avaient été incendiés par Hector. L'accord du participe employé comme verbe est admis au XVIIe siècle. — 6. Il y a équivoque : *son fils* désigne Pyrrhus, fils d'Achille. — 7. Voir le v. 155. — 8. Hermione évoque à deux reprises les exploits de Pyrrhus; ici et dans la scène 5 de l'acte IV. Mais les conclusions changent selon l'interlocuteur. S'adressant à Cléone, Hermione n'y voit qu'une raison supplémentaire d'admirer Pyhrrus (il va l'épouser); s'adressant à Pyrrhus, ce sera pour les lui reprocher (il va épouser Andromaque). — 9. Var. : « Charmant, fidèle, enfin rien ne manque à sa gloire. » Le déplacement de la virgule change complètement le sens de la phrase. La correction est heureuse, conforme au mouvement psychologique. — 10. Amoureuse d'Hippolyte, Phèdre en parlera avec un ravissement semblable à celui d'Hermione (*Phèdre*, II, 5) :

Mais fidèle, mais fier, et même un peu farouche,
Charmant, jeune, traînant tous les cœurs après soi.

CLÉONE. — Dissimulez[1]. Votre rivale[2] en pleurs
Vient à vos pieds, sans doute[3] apporter ses douleurs.

HERMIONE. — Dieux! ne puis-je à ma joie abandonner mon âme?
Sortons : que lui dirais-je?

1. Voir les v. 719 et 800. — 2. Mot destiné à ranimer en Hermione le sens de sa dignité. — 3. Voir le v. 818.

- **L'action** — Cléone laisse entrevoir une menace qui se dessine (v. 834). Et elle accuse Oreste d'avoir « mis en marche la machine infernale » (expression due à M. R. Picard, *op. cit.*, I, p. 1108). Hermione portera la même accusation au v. 1557.

- **Les caractères** — CLÉONE a toujours la même lucidité. Elle dit à Hermione des vérités très dures, que, dans sa rude honnêteté, elle estime indispensables. C'est par pitié pour Andromaque qu'elle lui conseille de dissimuler, mais plus encore peut-être par une sorte de sagesse prémonitrice. Il y a là un aspect de la sagesse antique : il ne faut pas se laisser aller à la joie, car les dieux jaloux la font payer par des malheurs. Ainsi, l' ὕβρις d'*Œdipe-Roi :* le grand crime d'Œdipe a été de se réjouir. Chez HERMIONE, la cruauté domine toujours. Déçue de n'avoir pas vu souffrir suffisamment Oreste, elle se laisse aller à ses fureurs, qui sont des fureurs amoureuses. Dans son admiration éperdue pour Pyrrhus, elle exagère singulièrement son rôle dans la guerre de Troie (v. 843). Elle recrée une *Iliade* à la mesure de l'amant qu'elle imagine. Les vaisseaux des Grecs n'avaient, en fait, été incendiés qu'une fois par Hector et les Troyens (*Iliade*, chants XV et XVI).
Elle prête à Pyrrhus (v. 846) une volonté qu'il n'a pas : la passion transfigure tout.

- **La langue de Racine** — A propos du mot *coup*, que nous avons déjà relevé au vers 801 et qui se retrouve au vers 836, André Gide, dans son *Journal*, à la date du 19 septembre 1939, pouvait faire ces pénétrantes remarques :
« J'admirais, dans *Andromaque*, combien Racine se laisse peu gêner par la répétition des même mots :
Percé de tant de *coups*, comment t'es-tu sauvé? (v. 1631)
Tiens! tiens! Voilà le *coup* que je t'ai réservé (v. 1632)
Elle vient l'arracher au *coup* qui le menace? (v. 1634)...
Je citerais maint autre exemple [...] je ne vois pas que, les évitant, la perfection de Racine en serait beaucoup augmentée; il me plaît même qu'elle soit plutôt profonde que simplement de surface [...] Mais le plus admirable dans cette langue de Racine, n'est-ce point précisément l'aisance (apparente) et qu'aucun mot n'y ait l'air *cherché?* »

① Appliquez à Hermione cette pensée de La Bruyère (*Caractères*, III, 59) : « Il n'y a point dans le cœur d'une jeune personne un si violent amour auquel l'intérêt ou *l'ambition* n'ajoute quelque chose. »

SCÈNE IV. — ANDROMAQUE, HERMIONE, CLÉONE, CÉPHISE.

ANDROMAQUE. — Où fuyez-vous, Madame?
N'est-ce point à vos yeux un spectacle assez doux
Que la veuve d'Hector pleurante[1] à vos genoux[2]?
Je ne viens point ici, par de jalouses larmes,
Vous envier un cœur qui se rend[3] à vos charmes.
Par une[4] main cruelle, hélas! j'ai vu percer[5]
Le seul où[6] mes regards prétendaient s'adresser.
Ma flamme par Hector fut jadis allumée;
Avec lui dans la tombe elle s'est enfermée[7].
Mais il me reste un fils. Vous saurez quelque jour,
Madame, pour un fils jusqu'où va notre amour;
Mais vous ne saurez pas, du moins je le souhaite,
En quel trouble mortel son intérêt[8] nous jette,
Lorsque de tant de biens qui pouvaient nous flatter,
C'est le seul qui nous reste, et qu'on veut nous l'ôter.
Hélas! lorsque, lassés de dix ans de misère,
Les Troyens en courroux menaçaient votre mère,
J'ai su de mon Hector lui procurer l'appui[9].
Vous pouvez sur Pyrrhus ce que j'ai pu sur lui.
Que craint-on d'un enfant qui survit à sa[10] perte?
Laissez-moi le cacher en quelque île déserte[11].
Sur les soins de sa mère on peut s'en assurer,
Et mon fils avec moi n'apprendra qu'à pleurer.

HERMIONE. — Je conçois[12] vos douleurs. Mais un devoir austère,
Quand mon père a parlé, m'ordonne de me taire.
C'est lui qui de Pyrrhus fait agir le courroux.

---

1. Voir le v. 842. — 2. Cf. Corneille, *Théodore*, v. 993-994 : « Placide suppliant, Placide à vos genoux — Vous doit être, Madame, un spectacle assez doux. ». — 3. Venant d'Andromaque, le compliment n'a-t-il pas une grande valeur? — 4. L'adjectif indéfini est une délicatesse d'Andromaque : elle juge inutile de nommer l'auteur de ses malheurs. — 5. Var. 1668-1676 : « *Par les mains de son père*, hélas, j'ai vu percer » : la correction justifie notre note précédente. — 6. Voir le v. 18. — 7. Cf. Virgile, *Énéide*, IV, 29-30 : « Celui-là qui fut mon premier époux, celui-là a emporté avec lui mon amour; qu'il le possède et le conserve dans le tombeau » ; c'est Didon qui parle. Le vers de Racine est d'une gravité religieuse. — 8. L'intérêt qu'on a pour lui. — 9. Nulle part, dans l'*Iliade*, les Troyens ne menacent Hélène. Cependant, au chant III, quand Ménélas et Pâris (l'ancien et le nouveau mari) vont se battre en combat singulier, les Troyens murmurent : « Qu'elle s'en retourne sur ses nefs, et qu'elle ne nous laisse pas, à nous et à nos enfants, un souvenir affreux! » Enfin, au chant XXIV, Hélène regrette ainsi Hector : « Jamais, ô Hector, tu ne m'as dit une parole injurieuse ou sévère, et si l'un de mes frères ou de mes sœurs, ou ma belle-mère [...] me blâmait dans nos demeures, tu les reprenais et tu les apaisais par ta douceur et par tes paroles bienveillantes. » — 10. A la perte d'Hector. — 11. Voir le v. 338. — 12. Je comprends; le mot a une valeur strictement intellectuelle, et écarte toute considération d'ordre sentimental.

S'il faut fléchir Pyrrhus, qui le peut mieux que vous?
Vos yeux assez longtemps ont régné sur son âme.
Faites-le prononcer[1] : j'y souscrirai, Madame.

SCÈNE V. — ANDROMAQUE, CÉPHISE.

ANDROMAQUE. — Quel mépris la cruelle attache à ses refus !
CÉPHISE. — Je croirais[2] ses conseils, et je verrais Pyrrhus.
Un regard confondrait Hermione et la Grèce...
Mais lui-même il vous cherche[3].

SCÈNE VI. — PYRRHUS, ANDROMAQUE, PHŒNIX, CÉPHISE.

PYRRHUS, *à Phœnix*.
— Où donc est la princesse?
Ne m'avais-tu pas dit qu'elle était en ces lieux?
PHŒNIX. — Je le croyais.
ANDROMAQUE, *à Céphise*.
— Tu vois le pouvoir de mes yeux[4].
PYRRHUS. — Que dit-elle, Phœnix?
ANDROMAQUE. — Hélas! tout m'abandonne.

1. Décider. — 2. Valeur du conditionnel : Céphise conseille, en confidente discrète, mais elle n'impose pas ses vues. — 3. Voir les vers 258 et 808. — 4. Voir le v. 889.

- **L'action** — La rencontre des deux rivales excite la curiosité du spectateur : en présence pour la première fois, elles vont s'affronter, s'offrir à notre jugement; corroborera-t-il celui de Pyrrhus?
— Hermione, que son orgueil et son amour aveuglent, a l'imprudence de mettre Andromaque au défi (v. 884-886), ce qui amène un rebondissement inattendu de l'action. Mais n'oublions pas que nous sommes dans l'acte III, celui où elle se noue après avoir été préparée dans les deux premiers.
- **L'art classique** — La supplique d'Andromaque est conduite selon les règles de la rhétorique : exorde (v. 858-860); réfutation préliminaire (v. 861-866); requête (v. 867-872); arguments déterminants (v. 873-880). Comment justifiez-vous cette rhétorique?

PHŒNIX. — Allons, Seigneur, marchons sur les pas d'Hermione.

CÉPHISE. — Qu'attendez-vous? rompez ce silence obstiné.

ANDROMAQUE. — Il a promis mon fils.

CÉPHISE. — Il ne l'a pas donné.

ANDROMAQUE. — Non, non, j'ai beau pleurer, sa mort est résolue.

PYRRHUS. — Daigne-t-elle sur nous tourner au moins la vue?
Quel orgueil!

ANDROMAQUE. — Je ne fais que l'irriter encor.
Sortons.

PYRRHUS. — Allons aux Grecs livrer le fils d'Hector.

ANDROMAQUE, *se jetant aux pieds de Pyrrhus.*
— Ah! Seigneur, arrêtez! Que prétendez-vous faire?
Si vous livrez le fils, livrez-leur donc la mère.
Vos serments m'ont tantôt juré tant d'amitié[1]!
Dieux! ne pourrai-je au moins toucher votre pitié?
Sans espoir de pardon m'avez-vous condamnée?

PYRRHUS. — Phœnix vous le dira, ma parole est donnée.

ANDROMAQUE. — Vous qui braviez pour moi tant de périls divers!

PYRRHUS. — J'étais aveugle alors; mes yeux se sont ouverts.
Sa grâce à vos désirs pouvait être accordée;
Mais vous ne l'avez pas seulement demandée.
C'en est fait.

ANDROMAQUE. — Ah! Seigneur, vous entendiez assez
Des soupirs qui craignaient de se voir repoussés.
Pardonnez à l'éclat d'une illustre fortune
Ce reste de fierté qui craint d'être importune.
Vous ne l'ignorez pas : Andromaque, sans vous,
N'aurait jamais d'un maître embrassé les genoux.

PYRRHUS. — Non, vous me haïssez; et dans le fond de l'âme
Vous craignez de devoir quelque chose à ma flamme.
Ce fils même, ce fils, l'objet de tant de soins,
Si je l'avais sauvé, vous l'en aimeriez moins.
La haine, le mépris, contre moi tout s'assemble;
Vous me haïssez plus que tous les Grecs ensemble.
Jouissez à loisir d'un si noble courroux.
Allons, Phœnix.

ANDROMAQUE. — Allons rejoindre mon époux.

---

1. Il y a ici une litote qui traduit la délicatesse et l'émoi d'Andromaque.

CÉPHISE. Madame...

ANDROMAQUE, *à Céphise.*

— Et que veux-tu que je lui dise encore?
Auteur de tous mes maux, crois-tu qu'il les ignore?
(*A Pyrrhus.*)
Seigneur, voyez l'état où vous me réduisez.
J'ai vu mon père mort et nos murs embrasés;
J'ai vu trancher les jours de ma famille entière[1],
Et mon époux sanglant traîné sur la poussière,
Son fils, seul avec moi, réservé pour les fers.
Mais que ne peut un fils? Je respire, je sers.
J'ai fait plus : je me suis quelquefois consolée
Qu'ici, plutôt qu'ailleurs, le sort m'eût exilée;
Qu'heureux dans son malheur, le fils de tant de rois,
Puisqu'il devait servir, fût tombé sous vos lois.
J'ai cru que sa prison deviendrait son asile.
Jadis Priam soumis fut respecté d'Achille[2] :
J'attendais de son fils encor plus de bonté.
Pardonne, cher Hector, à ma crédulité.
Je n'ai pu soupçonner ton ennemi d'un crime;
Malgré lui-même enfin je l'ai cru magnanime.
Ah ! s'il l'était assez pour nous laisser du moins
Au tombeau qu'à ta cendre ont élevé mes soins[3],
Et que, finissant là sa haine et nos misères,
Il ne séparât point des dépouilles si chères !

PYRRHUS. — Va m'attendre, Phœnix.

---

1. Sa belle-famille lors du sac de Troie; ses parents habitaient Thébé : son père Éétion et ses frères avaient été tués par Achille longtemps avant la prise de Troie. — 2. Cf. Homère, *Iliade,* XXIV. — 3. Cf. les vers de Virgile (v. 4-6) cités par Racine dans sa préface.

- **L'action** — La situation rappelle celle de l'acte I, scène 4. Ici, Racine fait vraiment *quelque chose de rien.* Mais l'intérêt déguisé que Pyrrhus porte à sa captive laisse prévoir qu'il ne saurait demeurer longtemps insensible.
- **La tragédie et l'unité des genres** — Nous avons ici une scène de dépit amoureux, très proche de celles que Molière a introduites dans *le Dépit amoureux, Tartuffe, le Misanthrope, le Bourgeois gentilhomme.* Mais la dignité des personnages et la gravité des intérêts évite un glissement vers la comédie (voir p. 19).
Conforme à la tradition, cette scène de dépit amoureux présente toutes les « ficelles » habituelles : apartés (v. 892, 893, 898, 899), fausses sorties (v. 900, 924); le rôle de Céphise rappelle celui de Dorine auprès de Mariane dans le *Tartuffe.*

SCÈNE VII. — PYRRHUS, ANDROMAQUE, CÉPHISE.

PYRRHUS *continue.*

Madame, demeurez.
On peut vous rendre encor ce fils que vous pleurez.
Oui, je sens à regret qu'en excitant vos larmes
Je ne fais contre moi que vous donner des armes[1].
Je croyais apporter plus de haine en ces lieux.
Mais, Madame, du moins tournez vers moi les yeux[2] :
Voyez si mes regards sont d'un juge sévère,
S'ils sont d'un ennemi qui cherche à vous déplaire.
Pourquoi me forcez-vous vous-même à vous trahir?
Au nom de votre fils, cessons de nous haïr.
A le sauver enfin c'est moi qui vous convie[3].
Faut-il que mes soupirs vous demandent sa vie?
Faut-il qu'en sa faveur j'embrasse vos genoux?
Pour la dernière fois, sauvez-le, sauvez-nous.
Je sais de quels serments je romps pour vous les [chaînes,
Combien je vais sur moi faire éclater de haines.
Je renvoie Hermione, et je mets sur son front,
Au lieu de ma couronne, un éternel affront.
Je vous conduis au temple où son hymen s'apprête;
Je vous ceins du bandeau préparé pour sa[4] tête.
Mais ce n'est plus, Madame, une offre à dédaigner :
Je vous le dis, il faut ou périr ou régner[5].
Mon cœur, désespéré d'un an d'ingratitude,
Ne peut plus de son sort souffrir l'incertitude.
C'est craindre, menacer, et gémir trop longtemps.
Je meurs si je vous perds; mais je meurs si j'attends.
Songez-y[6] : je vous laisse, et je viendrai vous prendre
Pour vous mener au temple où ce[7] fils doit m'attendre;
Et là vous me verrez, soumis ou furieux,
Vous couronner, Madame, ou le perdre à vos yeux.

1. Je ne fais que vous donner des armes contre moi. — 2. Il y a ici un procédé scénique, assez neuf alors, pour attirer l'attention sur un autre acteur que celui qui parle. Ainsi, dans *Phèdre*, au moment où Hippolyte détourne les yeux de sa belle-mère qui lui fait des aveux, elle dit au jeune homme : « Si tes yeux un moment pouvaient me regarder ». — 3. Cf. le vers fameux d'Auguste : « Soyons amis, Cinna, c'est moi qui t'en convie. » Pyrrhus utilise le seul argument qui puisse toucher Andromaque. — 4. Par le simple jeu du pronom personnel *vous* et des adjectifs possessifs *son* (v. 965), *sa* (v. 966), Pyrrhus marque à la fois son mépris pour Hermione et son amour pour Andromaque; cette opposition de mots faibles prolonge l'antithèse entre *couronne* et *affront*. — 5. Cf. Corneille, *Pertharite*, III, 1. — 6. Une menace se dessine sous cette invitation d'apparence anodine. — 7. Sens à la fois emphatique et affectif.

Scène VIII. — ANDROMAQUE, CÉPHISE.

CÉPHISE. — Je vous l'[1]avais prédit, qu'en dépit de la Grèce,
De votre sort encor vous seriez la maîtresse.

ANDROMAQUE. — Hélas! de quel effet[2] tes discours sont suivis!
Il ne me restait plus qu'à condamner mon fils.

CÉPHISE. — Madame, à votre époux c'est être assez fidèle :
Trop de vertu pourrait vous rendre criminelle[3].
Lui-même il porterait votre âme à la douceur.

ANDROMAQUE. — Quoi! je lui donnerais Pyrrhus pour successeur?

CÉPHISE. — Ainsi le veut son fils, que les Grecs vous ravissent.
Pensez-vous qu'après tout ses mânes en rougissent[4]?
Qu'il méprisât[5], Madame, un roi victorieux
Qui vous fait remonter au rang de vos aïeux,
Qui foule aux pieds pour vous vos vainqueurs en colère,
Qui ne se souvient plus qu'Achille était son père,
Qui[6] dément ses[7] exploits et les rends superflus?

---

1. Voir le v. 5. — 2. Résultat. — 3. Noter la coupe 4+8, qui met bien en valeur les mots *vertu et criminelle*. — 4. Encore une alliance hardie de mots. — 5. Voir le v. 278. — 6. Noter l'anaphore aux vers 988-991. — 7. Ses propres exploits : Pyrrhus s'offre à relever Troie qu'il a lui-même ruinée.

- **L'action** — La situation est entièrement retournée, officiellement du moins, car, dans le secret des cœurs, rien n'a changé. Mais il faut désormais une solution immédiate (v. 967, 969, 971-972), d'où l'ultimatum des v. 973-976.
  Au début de la scène 8, Andromaque prend conscience du terrible pouvoir qu'elle exerce sur Pyrrhus : c'est d'elle seule que tout dépend, elle seule (v. 980) condamnera son fils à mort ou le sauvera.
- **Les caractères** — ANDROMAQUE avait-elle été coquette aux v. 931-934? Son indignation au v. 984 nous invite à réfléchir.
  PYRRHUS, qui tient à sortir de l'impasse (v. 968, 976), parle en maître (v. 973) mais avec une frénésie gênante, qui rappelle celle d'Oreste. Instruit par son précédent échec (1, 4), il n'admet plus d'échappatoire.

① « La violence et la hâte des héros s'accroissent à mesure que la tragédie se déroule [...] L'attente, chez ces possédés, avides de la catastrophe qu'ils appellent, devient le plus grand des maux. Un an d'incertitude précède la journée tragique, mais, une fois la tragédie commencée, plus de délai : il faut se perdre dans le cadre de l'unité de temps » (R. Picard, *op. cit.*, I, p. 1108).

② Étudiez la composition de la tirade de Pyrrhus.

③ Faites un parallèle entre les deux ultimatums de Pyrrhus (le premier se situe aux v. 363-372 et 380-384).

ANDROMAQUE. — Dois-je les oublier, s'il ne s'en souvient plus?
Dois-je oublier Hector privé de funérailles,
Et traîné sans honneur autour de nos murailles?
Dois-je oublier[1] son père à mes pieds renversé,
Ensanglantant l'autel qu'il tenait embrassé[2]?
Songe, songe, Céphise, à cette nuit cruelle
Qui fut pour tout un peuple une nuit éternelle.
Figure-toi Pyrrhus, les yeux étincelants,
Entrant à la lueur de nos palais brûlants[3],
Sur tous mes frères[4] morts se faisant un passage,
Et de sang tout couvert échauffant le carnage[5].
Songe aux cris des vainqueurs, songe aux cris des [mourants,
Dans la flamme étouffés, sous le fer expirants.
Peins-toi dans ces horreurs Andromaque éperdue :
Voilà comme[6] Pyrrhus vint s'offrir à ma vue;
Voilà par quels exploits il sut se couronner;
Enfin voilà l'époux que tu me veux donner.
Non, je ne serai point complice de ses crimes;
Qu'il nous prenne, s'il veut, pour dernières victimes.
Tous mes ressentiments lui seraient asservis[7].

CÉPHISE. — Hé bien! allons donc voir expirer votre fils :
On n'attend plus que vous... Vous frémissez, Madame[8]?

ANDROMAQUE. — Ah! de quel souvenir viens-tu frapper mon âme!
Quoi! Céphise, j'irai voir expirer encor
Ce fils, ma seule joie et l'image d'Hector[9]?
Ce fils, que de sa flamme il me laissa pour gage?
Hélas! je m'en souviens, le jour que[10] son courage
Lui fit chercher Achille, ou plutôt le trépas,
Il demanda son fils et le prit dans ses bras[11] :
« Chère épouse, dit-il en essuyant mes larmes,
J'ignore quel succès le sort garde à mes armes;
Je te laisse mon fils pour gage de ma foi :
S'il me perd, je prétends qu'il me retrouve en toi.

---

1. Noter, comme aux vers 988-991, l'anaphore. — 2. Dans le chant II de l'*Énéide*, « Pyrrhus traîne au pied même de l'autel Priam qui tremble et glisse dans le sang de son fils; de la main gauche, Pyrrhus saisit la chevelure, de la droite il brandit son étincelante épée et la plonge dans le flanc du vieillard jusqu'à la garde. » — 3. Voir le v. 842. — 4. Il s'agit en réalité de ses beaux-frères. — 5. Alliance hardie de deux termes concrets. — 6. Voir le v. 57. — 7. Je n'aurais plus le droit de le haïr. — 8. Sur ce procédé scénique, voir p. 80, n. 2. — 9. Andromaque aime son mari à travers son fils. — 10. Voir le v. 11. — 11. Racine emprunte à Homère, *Iliade*, VI, la fameuse scène des adieux d'Hector et d'Andromaque; mais, par souci de psychologie, il a habilement transposé la situation et les paroles. Voir le commentaire de ce vers par M. Vinaver, p. 123.

Si d'un heureux hymen la mémoire t'est chère,
Montre au fils à quel point tu chérissais le père. »
Et je puis voir répandre un sang si précieux?
Et je laisse avec lui périr tous ses aïeux?
Roi barbare, faut-il que mon crime l'entraîne?
Si je te hais, est-il coupable de ma haine?
T'a-t-il de tous les siens reproché le trépas?
S'est-il plaint à tes yeux des maux qu'il ne sent pas?
Mais cependant, mon fils, tu meurs si je n'arrête
Le fer que le cruel tient levé sur ta tête.
Je l'en puis détourner, et je t'y vais offrir?
Non, tu ne mourras point : je ne le puis souffrir.
Allons trouver Pyrrhus. Mais non, chère Céphise,
Va le trouver pour moi.

CÉPHISE. — Que faut-il que je dise?

ANDROMAQUE. — Dis-lui que de mon fils l'amour[1] est assez fort...
Crois-tu que dans son cœur il ait juré sa mort?
L'amour peut-il si loin pousser sa barbarie?

CÉPHISE. — Madame, il va bientôt revenir en furie.

ANDROMAQUE. — Hé bien ! va l'assurer...

CÉPHISE. — De quoi? de votre foi?

ANDROMAQUE. — Hélas ! pour la promettre est-elle encore à moi?
Ô cendres d'un époux ! ô Troyens ! ô mon père[2] !
Ô mon fils, que tes jours coûtent cher à ta mère[3] !
Allons.

CÉPHISE. — Où donc, Madame? et que résolvez-vous?

ANDROMAQUE. — Allons sur son tombeau consulter mon époux[4].

---

1. L'amour que j'éprouve pour mon fils. — 2. Non pas Éétion, sans doute, mais Priam. — 3. Cf. Euripide, *Andromaque*, v. 414-416 : « O mon fils, moi, ta mère, pour que tu ne meures pas, je vais chez Hadès; pour toi, si tu échappes au destin, souviens-toi de ta mère et rappelle-toi dans quelles souffrances je suis morte. » — 4. Cf. v. 924.

- **Les personnages importants sont ici** — *Des morts* : Hector, Priam (d'où l'atmosphère mystérieuse et quasi mystique).
  Des absents : Pyrrhus, Astyanax (il n'apparaît jamais).
  Accablée par l'ultimatum de Pyrrhus, Andromaque se borne à revivre un passé douloureux. On s'est appuyé sur les v. 999-1006 pour soutenir la thèse d'une Andromaque amoureuse de Pyrrhus (Ériphile, dans *Iphigénie*, s'est éprise d'Achille, son ravisseur sanglant). Mais Andromaque n'a pas la perversité d'Ériphile.
- **Poésie racinienne** — Étudiez le thème de la *nuit :* nuit de carnage; nuit du souvenir; nuit de la captivité : trois nocturnes tragiques.
  Il y a ici un véritable tableau, où il serait facile de situer chaque personnage car, en dépit du désordre provoqué par le carnage, l'action est parfaitement ordonnée.

ACTE IV

SCÈNE PREMIÈRE. — ANDROMAQUE, CÉPHISE.

CÉPHISE. — Ah ! je n'en doute point; c'est votre époux, Madame,
C'est Hector qui produit ce miracle[1] en votre âme.
Il veut que Troie encor se puisse relever
Avec cet heureux[2] fils qu'il vous fait conserver.
Pyrrhus vous l'a promis. Vous venez de l'entendre,
Madame : il n'attendait qu'un mot pour vous le rendre.
Croyez-en ses transports[3] : père, sceptre, alliés[4],
Content de votre cœur[5], il met tout à vos pieds.
Sur lui, sur tout son peuple il vous rend souveraine[6].
Est-ce là ce vainqueur digne de tant de haine?
Déjà contre les Grecs plein[7] d'un noble courroux,
Le soin de votre fils le touche autant que vous :
Il prévient leur fureur, il lui laisse sa garde[8];
Pour ne pas l'exposer, lui-même se hasarde[9].
Mais tout s'apprête au temple, et vous avez promis[10].

ANDROMAQUE. — Oui, je m'y trouverai[11]. Mais allons voir mon fils.

CÉPHISE. — Madame, qui[12] vous presse? Il suffit que sa vue
Désormais à vos yeux ne soit plus défendue.
Vous lui pourrez bientôt prodiguer vos bontés,
Et vos embrassements ne seront plus comptés.
Quel plaisir d'élever un enfant qu'on voit craître[13],
Non plus comme un esclave élevé pour son maître,

---

1. Mot important pour l'action : le *miracle* s'est produit pendant l'entracte; c'est la résolution prise par Andromaque d'épouser Pyrrhus. — 2. Favorisé par le sort. — 3. Mouvement violent de l'âme, qui peut être de joie, comme ici et comme au vers 850, alors qu'au vers 300, le mot avait plutôt le sens de : folie. — 4. Noter à la fois la progression, qui manifeste l'exaltation de Céphise et l'alliance du concret (*père*, *alliés*) et de l'abstrait (*sceptre*). — 5. Satisfait par vos sentiments. — 6. Nous disons aujourd'hui « souverain de » et non plus *souverain sur*; cf. Corneille, *Cinna*, v. 986 : « Il nous fait souverains sur leurs grandeurs suprêmes ». — 7. *Plein* se rapporte au complément de la proposition principale, *le;* la syntaxe du XVIIe siècle était très libre sur ce point. — 8. Subligny juge ainsi ce passage dans la préface de la *Folle Querelle :* « Monsieur Corneille aurait tellement préparé les choses pour l'action où Pyrrhus se défait de sa garde, qu'elle eût été une marque d'intrépidité, au lieu qu'il n'y a personne qui ne la prenne pour une bévue insupportable. » Voir p. 120 les commentaires de M. Adam. — 9. Se met en péril. — 10. Le mot laisse le spectateur en suspens, car on ne sait pas au juste ce qu'Andromaque a promis. — 11. La formule est volontairement vague. — 12. *Qui* est neutre : quelle chose. — 13. L'orthographe est conforme à la prononciation ancienne et satisfait l'œil, pour la rime.

Mais pour voir avec lui renaître tant de rois[1] !

ANDROMAQUE. — Céphise, allons le voir[2] pour la dernière fois.

CÉPHISE. — Que dites-vous? ô Dieux!

1. Racine attribue à Céphise des paroles prononcées dans les *Troyennes* d'Euripide, aux vers 707-713. — 2. Césure doublement suspensive : le verbe *voir*, qui était faible dans la bouche de Céphise (v. 1069 et 1071), prend ici une valeur mystérieuse.

- **L'action** — La décision d'Andromaque est prise (v. 1072), mais elle reste encore, pour nous, mystérieuse. Céphise, qui connaît bien sa maîtresse, a pressenti le malheur (v. 1061-1062).
- **Structure de la tragédie** — Ici apparaît nettement l'importance de l'entracte, que certains critiques ont prétendu plus important que les actes.
- **Les attitudes** — Il y a une dissonance voulue entre les répliques des deux personnages, car Céphise (qui prononce 22 vers) se fie ou veut se fier à la lettre de ce que lui a dit Andromaque; en un seul vers (1072), celle-ci en laisse deviner l'esprit.
- **Souplesse du style racinien** — Racine excelle dans la peinture de la douleur ou de la rage. Mais il peint aisément ici la joie, la propension à la confiance (v. 1049), qui vient de la croyance au surnaturel (v. 1050-1051), de la facilité à oublier ce qui est mauvais (v. 1053-1060) et d'une délicatesse toute féminine à sentir les nuances de cette même délicatesse chez autrui (v. 1060).

① Appliquez au début de l'acte IV ces lignes ironiquement amères de Jean Anouilh : « Et puis, enfin, c'est reposant, la tragédie, parce qu'on sait qu'il n'y a plus d'espoir; qu'on est pris, qu'on est enfin pris comme un rat, avec tout un ciel sur son dos. »

② Étudiez le rôle des syllabes faibles à la fin des mots (v. 1072) : *Céphise, voir, dernière.* Que pensez-vous de l'assonance en *oi* à l'hémistiche (*voir*) et à la rime (*fois*)?

③ « Est-ce vraiment par décence, comme on le dit dans les manuels, que nos grands tragiques ont toujours soigneusement évité de faire assister le spectateur à *quelque* scène de carnage? C'est bien plutôt parce que ces artistes accomplis savaient que, pour faire naître l'émotion, la parole est souveraine. A l'inverse du cinéma, la tragédie ne montre presque rien; dès que le mouvement se précipite, dès que la péripétie se dessine, dès que les personnages, au comble de la passion, vont s'abandonner aux actes, nous voyons entrer un messager, un confident, un des spectateurs ou même un des acteurs du drame » (Georges Duhamel).

④ Étudiez ce jugement de M. Vinaver (*op. cit.* p. 139-140) « Que le personnage agissant voie de plus en plus clair au fil des paroles ou qu'il se trouve dominé par une force étrangère, implacable, pareille aux vengeances célestes, ce sont toujours les particularités de son langage qui, selon le cas, déterminent ou expriment sa manière d'être. Dans quelle proportion peut-on dégager de la gangue du discours racinien cette densité poétique, ces moments parlants qui réveillent dans l'âme du héros, le feu qui doit le consumer, quand ils n'appellent pas au jour, dans toute leur diversité, des états d'âme jusque-là voilés?

ANDROMAQUE. — Ô ma chère Céphise,
Ce n'est point avec toi que mon cœur se déguise.
Ta foi[1], dans mon malheur, s'est montrée à mes yeux;
Mais j'ai cru qu'à mon tour tu me connaissais mieux.
Quoi donc? as-tu pensé qu'Andromaque infidèle
Pût trahir un époux qui croit[2] revivre en elle;
Et que, de tant de morts réveillant la douleur,
Le soin de mon repos me fît troubler le leur?
Est-ce là cette ardeur tant promise à sa cendre[3]?
Mais son fils périssait : il l'a fallu défendre.
Pyrrhus en m'épousant s'en[4] déclare l'appui;
Il suffit : je veux bien m'en reposer sur lui.
Je sais quel est Pyrrhus. Violent, mais sincère,
Céphise, il fera plus qu'il n'a promis de faire.
Sur le courroux des Grecs je m'en repose encor :
Leur haine va donner un père au fils d'Hector.
Je vais donc, puisqu'il faut que je me sacrifie,
Assurer à Pyrrhus le reste de ma vie;
Je vais, en recevant sa foi sur les autels,
L'engager à mon fils par des nœuds immortels.
Mais aussitôt ma main, à moi seule funeste,
D'une infidèle vie abrégera le reste,
Et, sauvant ma vertu, rendra ce que je doi[5]
A Pyrrhus, à mon fils, à mon époux, à moi[6].
Voilà de mon amour l'innocent stratagème[7];
Voilà ce qu'un époux m'a commandé lui-même.
J'irai seule rejoindre Hector et mes aïeux.
Céphise, c'est à toi de me fermer les yeux.

CÉPHISE. — Ah! ne prétendez pas que je puisse survivre...

ANDROMAQUE. — Non, non, je te défends, Céphise, de me suivre.
Je confie à tes soins mon unique trésor :
Si tu vivais pour moi, vis pour le fils d'Hector.
De l'espoir des Troyens seule dépositaire[8],
Songe à combien de rois tu deviens nécessaire[9].

---

1. Sens étymologique : fidélité. — 2. Importance du présent : Andromaque est si fidèle à son mari qu'elle *croit* le voir vivant. — 3. Cf. Virgile, *Énéide*, IV, 552 : *Non servata fides cineri promissa Sichaeo* ; « La fidélité que j'avais promise à Sichée n'a pas été conservée. » — 4. Se déclare l'appui de mon fils. — 5. Voir le v. 688. — 6. Le progression de cette énumération est remarquable; peut-être pourrait-on faire un rapprochement — en observant que l'ordre est inverse — avec un passage de l'*Œdipe-Roi* de Sophocle : celui (v. 252-254) où Œdipe, qui vient de prendre une série de mesures contre le criminel dont la présence souille la ville, s'écrie : « Je vous recommande d'accomplir toutes ces prescriptions, *pour moi-même, pour la divinité, pour cette terre,* qui périt ainsi, sans fruits et sans dieux. » — 7. Alliance de mots précise et hardie; cf. au v. 19 : *cruel secours.* — 8. Cf. *Iphigénie*, IV, 6 : « Elle est de mes serments seule dépositaire »; le mot *dépositaire* est pris dans le sens abstrait. — 9. Les futurs rois, qui naîtront d'Astyanax.

Veille auprès de Pyrrhus; fais-lui garder sa foi :
S'il le faut, je consens qu'on lui parle de moi[1].
Fais-lui valoir l'hymen où je me suis rangée[2];
Dis-lui qu'avant ma mort je lui fus engagée,
Que ses ressentiments doivent être effacés,
Qu'en lui laissant mon fils, c'est l'estimer assez[3].
Fais connaître à mon fils les héros de sa race;
Autant que tu pourras, conduis-le sur leur trace.
Dis-lui par quels exploits leurs noms ont éclaté,
Plutôt ce qu'ils ont fait que ce qu'ils ont été;
Parle-lui tous les jours des vertus de son père,
Et quelquefois aussi parle-lui de sa mère.
Mais qu'il ne songe plus, Céphise, à nous venger :
Nous lui laissons un maître, il le doit ménager.
Qu'il ait de ses aïeux un souvenir modeste[4] :
Il est du sang d'Hector, mais il en est le reste;
Et pour ce reste enfin j'ai moi-même, en un jour,
Sacrifié mon sang, ma haine et mon amour[5].

1. Var. 1668-1676 : « S'il le faut, je consens que *tu parles* de moi. ». — 2. Assujettie. — 3. Il y a rupture de construction, anacoluthe : je l'estime assez puisque je lui laisse mon fils. — 4. Voir le v. 833. — 5. *Mon sang* : ma vie; *ma haine* (pour Pyrrhus); mon *amour* (pour Hector); cette formule finale est magnifique.

- **L'action** — La décision d'Andromaque est clairement définie mais, par ce testament (v. 1107-1124), l'action de prolonge bien au-delà du rideau.
- **Le ressort secret** — Le célèbre vers 1097 montre que tout dépend d'Hector. « La décision du mort fait l'enfer des vivants. Andromaque déchaînera le malheur de tous par son stratagème : le tragique est sauf » (R. Picard, *op. cit.*, I, p. 1109).
- **Les caractères** — Cette scène justifie l'admiration exprimée par tous les critiques pour Andromaque qui est bien à la fois :
  Mère (v. 1088, 1103, 1122-1124);
  Épouse (v. 1078, 1096, 1098-1099);
  Femme sensible à ce que Pyrrhus peut avoir d'estimable (v. 1085-1092);
  Grande dame, par son élégance à mourir en silence : v. 1102, 1108, 1118;
  Intelligente (v. 1085-1088); fidèle (v. 1077-1078).
- **Le pathétique** — Peut-être Andromaque éprouve-t-elle une certaine inquiétude, malgré le vers 1084; d'où la minutie des conseils donnés à Céphise. Andromaque est d'autant plus pitoyable qu'elle cherche moins à apitoyer.
- **La morale** — Notez la fusion de la morale *chrétienne* et de la morale *païenne* dans le sacrifice, ce qui est exceptionnel chez Racine.

  ① Comparez le projet d'éducation d'Astyanax aux programmes brossés par Bossuet et Fénelon pour l'éducation des princes.

CÉPHISE. — Hélas !

ANDROMAQUE. — Ne me suis point, si ton cœur en alarmes
Prévoit qu'il ne pourra commander à tes larmes.
On vient[1]. Cache tes pleurs, Céphise, et souviens-toi
Que le sort d'Andromaque est commis[2] à ta foi.
C'est Hermione. Allons, fuyons sa violence.

SCÈNE II. — HERMIONE, CLÉONE.

CLÉONE. — Non, je ne puis assez admirer[3] ce silence.
Vous vous taisez, Madame, et ce cruel mépris
N'a pas du moindre trouble agité vos esprits[4] ?
Vous soutenez en paix une si rude attaque,
Vous qu'on voyait frémir au seul nom d'Andromaque?
Vous qui sans désespoir ne pouviez endurer
Que Pyrrhus d'un regard la voulût honorer?
Il l'épouse[5] ; il lui donne, avec son diadème,
La foi que vous venez de recevoir vous-même,
Et votre bouche encor, muette[6] à tant d'ennui[7],
N'a pas daigné s'ouvrir pour se plaindre de lui?
Ah ! que je crains, Madame, un calme si funeste[8] !
Et qu'il vaudrait bien mieux...

HERMIONE. — Fais-tu venir Oreste?

CLÉONE. — Il vient, Madame, il vient; et vous pouvez juger
Que bientôt à vos pieds il allait se ranger.
Prêt à servir[9] toujours sans espoir de salaire,
Vos yeux ne sont que trop assurés de lui plaire.
Mais il entre.

SCÈNE III. — ORESTE, HERMIONE, CLÉONE.

ORESTE. — Ah ! Madame, est-il vrai qu'une fois
Oreste en vous cherchant obéisse à vos lois?
Ne m'a-t-on point flatté d'une fausse espérance?

1. Voir la scène 3 de l'acte III où nous avons une situation parallèle et inverse à la fois (plus particulièrement le vers 855). — 2. Sens étymologique (latin *committo*) : confié. — 3. Sens étymologique (latin *mirari*) : m'étonner de. — 4. Le mot est employé au pluriel, au XVIIe siècle, plus fréquemment que de nos jours. — 5. Noter la valeur du présent qui rend la catastrophe inévitable aux yeux d'Hermione. — 6. Cf. le vers 1401 : *Muet à mes soupirs.* — 7. Voir le v. 45. — 8. Une fois de plus, c'est aux personnages de petite condition qu'appartient le don de divination; *funeste* est pris, en effet, dans son sens fort. — 9. Au sens galant du mot; le dénouement s'annonce : de la veulerie d'Oreste, on peut tout espérer.

Avez-vous en effet[1] souhaité ma présence?
Croirai-je que vos yeux, à la fin désarmés[2],
Veulent...

HERMIONE. — Je veux savoir, Seigneur, si vous m'aimez.

ORESTE. — Si je vous aime? Ô Dieux! mes serments, mes parjures,
Ma fuite, mon retour, mes respects, mes injures[3],
Mon désespoir, mes yeux de pleurs toujours noyés,
Quels témoins croirez-vous, si vous ne les croyez?

HERMIONE. — Vengez-moi, je crois tout.

ORESTE. — Hé bien! allons, Madame :
Mettons encore un coup[4] toute la Grèce en flamme;
Prenons, en signalant mon bras et votre nom,
Vous, la place d'Hélène, et moi, d'Agamemnon[5].
De Troie en ce pays réveillons les misères[6],
Et qu'on parle de nous ainsi que de nos pères.
Partons, je suis tout prêt.

---

1. Sens précis : réellement, par opposition à *fausse espérance* du vers précédent. — 2. Vocabulaire précieux, mais qui correspond bien à la réalité dans ce cas précis. — 3. Noter la construction antithétique : *serments-parjures, fuite-retour, respects-injures*. — 4. Encore une fois : l'expression n'était pas familière au XVIIe siècle. — 5. Hermione sera enlevée à Pyrrhus par les Grecs, comme jadis Hélène fut reprise aux Troyens; comme jadis Agamemnon, Oreste prendra le commandement des Grecs. — 6. Voir les vers 230 et 285-286.

- **L'action** — Soulignée par la fuite d'Andromaque (parallèle à celle d'Hermione au vers 858), l'arrivée de cette dernière laisse pressentir un nouveau rebondissement. Il découle d'une logique interne : Hermione ne peut admettre ce *diadème* (v. 1137). Mais il faut un instrument à sa vengeance, sa condition de femme lui interdisant toute action personnelle (cf. l'attitude d'Émilie dans *Cinna*) : voir **les mœurs.**
- **Les caractères** — CLÉONE est toujours aussi cruellement *lucide :* v. 1137-1141.
  HERMIONE, impatiente quand elle attend Oreste (v. 1142), adopte un ton impératif et bref dès qu'il est là (v. 1152 et 1157), ce qui lui permet de conserver l'équivoque sur ses sentiments véritables.
  ORESTE, par contraste, est d'une préciosité insupportable (v. 1155). En présence d'une femme aussi résolue, il apparaît presque ridicule (sur le mélange du comique et du tragique, voir p. 19).
- **Les mœurs** — Au XVIIe siècle, quel que fût le courage personnel des femmes, il leur fallait, par bienséance, faire appel aux hommes pour agir. Elles étaient conscientes d'ailleurs d'être le cerveau des opérations, telles les belles frondeuses, et en revendiquaient la gloire. Vue sous cet aspect, *Andromaque* est donc, au même titre que *Cinna*, une pièce d'actualité.

① Montrez que les héros de Racine sont prêts à tout sacrifier à leurs passions égoïstes. Vous pourrez grouper autour du v. 1161 les vers qui évoquent la même idée et faire les rapprochements qui s'imposent.

HERMIONE. — Non, Seigneur, demeurons :
Je ne veux pas si loin porter de tels affronts.
Quoi ! de mes ennemis couronnant[1] l'insolence,
J'irais attendre ailleurs une lente vengeance,
Et je m'en remettrais au destin des combats,
Qui peut-être à la fin ne me vengerait pas?
Je veux qu'à mon départ toute l'Épire pleure.
Mais, si vous me vengez, vengez-moi dans une heure.
Tous vos retardements[2] sont pour moi des refus.
Courez au temple. Il faut immoler...

ORESTE. — Qui?

HERMIONE. — Pyrrhus.

ORESTE. — Pyrrhus, Madame?

HERMIONE. — Hé quoi ! votre haine chancelle?
Ah ! courez, et craignez que je ne vous rappelle[3].
N'alléguez point des droits que je veux oublier;
Et ce n'est pas à vous à[4] le justifier.

ORESTE. — Moi, je l'excuserais? Ah ! vos bontés[5], Madame,
Ont gravé trop avant ses crimes dans mon âme.
Vengeons-nous, j'y consens, mais par d'autres chemins.
Soyons ses ennemis, et non ses assassins[6].
Faisons de sa ruine une juste conquête[7].
Quoi ! pour réponse, aux Grecs porterai-je sa tête?
Et n'ai-je pris sur moi le soin de tout l'État
Que pour m'en acquitter par un assassinat?
Souffrez, au nom des Dieux, que la Grèce s'explique[9],
Et qu'il meure chargé de la haine publique.
Souvenez-vous qu'il règne, et qu'un front couronné...

HERMIONE. — Ne vous suffit-il pas que je l'ai[10] condamné?
Ne vous suffit-il pas que ma gloire offensée
Demande une victime à moi seule adressée;
Qu'Hermione est le prix d'un tyran opprimé[11];
Que je le hais; enfin, Seigneur, que je l'aimai[12]?
Je ne m'en cache point : l'ingrat m'avait su plaire,
Soit qu'ainsi l'ordonnât mon amour ou[13] mon père,
N'importe; mais enfin réglez-vous là-dessus.

1. Mettant le comble à. — 2. Retards. — 3. La menace touche Oreste : il sait qu'Hermione est prête à revenir vers Pyrrhus, malgré la trahison. — 4. A vous de...; Littré atteste qu'il n'y a pas de différence fondamentale entre les deux tournures. — 5. *Bontés* pour Pyrrhus. — 6. La confrontation des deux mots *ennemis-assassins* met en valeur la révolte de la conscience. — 7. Causons sa perte en lui faisant une guerre légitime. — 9. Le verbe *s'explique* s'oppose au nom *assassinat :* la discussion est préférable au meurtre. — 10. L'indicatif, aujourd'hui incorrect, marque qu'il s'agit d'un fait réel. — 11. Construction latine du participe : le prix de l'oppression d'un tyran. — 12. Le passé simple marque une action complètement achevée. — 13. La construction *soit que... ou* est courante au XVIIe siècle.

Malgré mes vœux, Seigneur, honteusement déçus,
Malgré la juste horreur que son crime me donne,
Tant qu'il vivra, craignez que je ne lui pardonne.
Doutez jusqu'à sa mort d'un courroux incertain :
S'il ne meurt aujourd'hui, je puis l'aimer demain.

ORESTE. — Hé bien ! il faut le perdre[1], et prévenir sa grâce[2];
Il faut... Mais cependant que faut-il que je fasse?
Comment puis-je sitôt servir votre courroux?
Quel chemin jusqu'à lui peut conduire mes coups?
A peine suis-je encore arrivé dans l'Épire,
Vous voulez par mes mains renverser un empire;
Vous voulez qu'un roi meure, et pour son châtiment
Vous ne donnez qu'un jour, qu'une heure, qu'un moment[3].
Aux yeux de tout son peuple il faut que je l'opprime[4] !
Laissez-moi vers l'autel conduire ma victime,
Je ne m'en défends plus; et je ne veux qu'aller
Reconnaître la place où je dois l'immoler.
Cette nuit je vous sers, cette nuit je l'attaque.

---

1. Sens fort : le tuer. — 2. Il faut agir avant qu'il ne rentre en grâce auprès d'Hermione. — 3. Noter la double gradation, descendante en ce qui concerne les délais accordés et ascendante du point de vue psychologique. — 4. Même sens que *perdre*, au vers 1201.

- **L'action** — L'attention est, à dessein, laissée en suspens.
Hermione pousse à l'assassinat immédiat (v. 1208); ainsi l'unité de temps est rappelée, le rythme de l'action s'accélère.
Certaines expressions devraient éclairer Oreste sur les véritables sentiments d'Hermione, et donc sur le dénouement (v. 1174, 1198, 1200). Pourquoi ne s'inquiète-t-il pas?

- **Les caractères** — ORESTE demeure irrésolu (v. 1202).
HERMIONE est toujours caractérisée par un orgueil naïf (v. 1190). Elle ne supporte pas qu'on la contrarie : il lui faut sa vengeance immédiatement. Mais, encore lucide, elle sait que sa passion a deux faces : la haine, l'amour, et qu'elle ne peut masquer l'une ou l'autre à son gré.

① Commentez ce portrait d'Hermione par Paul de Saint-Victor (*les Deux Masques*, 1880-1883, t. III, p. 344) : « Tout le rôle d'Hermione brise le cadre que Racine impose d'ordinaire à ses héroïnes. On peut dire qu'il est romantique avant la lettre, dans le sens effréné du mot. Phèdre elle-même ne sera plus tard ni si violente, ni si spontanée. Classique par l'éloquence soutenue, la fierté royale, la beauté du style, Hermione a, par moments, les nerfs, l'exaltation, l'impétuosité déchaînée d'une femme de Shakespeare. »

HERMIONE. — Mais cependant[1], ce jour[2], il épouse Andromaque.
Dans le temple déjà le trône est élevé;
Ma honte est confirmée, et son crime achevé.
Enfin qu'attendez-vous? Il vous offre sa tête :
Sans gardes[3], sans défense, il marche à cette fête;
Autour du fils d'Hector il les fait tous ranger;
Il s'abandonne au bras qui me voudra venger.
Voulez-vous malgré lui prendre soin de sa vie?
Armez, avec vos Grecs, tous ceux qui m'ont suivie;
Soulevez vos amis : tous les miens sont à vous.
Il me trahit, vous trompe, et nous méprise tous[4].
Mais quoi? déjà leur haine est égale à la mienne :
Elle épargne à regret l'époux d'une Troyenne.
Parlez : mon ennemi ne vous peut échapper,
Ou plutôt il ne faut que les laisser frapper.
Conduisez ou suivez[5] une fureur si belle;
Revenez tout couvert du sang de l'infidèle;
Allez : en cet état soyez sûr de mon cœur.

ORESTE. — Mais, Madame, songez...

HERMIONE. — Ah! c'en est trop, Seigneur.
Tant de raisonnements offensent ma colère.
J'ai voulu vous donner les moyens de me plaire,
Rendre Oreste content[6]; mais enfin je vois bien
Qu'il veut toujours se plaindre et ne mériter rien.
Partez : allez ailleurs vanter votre constance,
Et me laissez ici le soin de ma vengeance.
De mes lâches bontés mon courage[7] est confus,
Et c'est trop en un jour essuyer de refus.
Je m'en vais seule au temple, où leur hymen s'apprête,
Où vous n'osez aller mériter ma conquête.
Là, de mon ennemi je saurai m'approcher :
Je percerai le cœur que je n'ai pu toucher[8];

1. Pendant ce (temps). — 2. *Ce jour* s'oppose à *cette nuit* du vers 1213 et souligne l'unité de temps. — 3. Voir le v. 1061 : le dénouement se précise. — 4. Noter le jeu des oppositions; pronom à pronom (*me, vous*) ; verbe à verbe (*trahit, trompe*) ; avec, pour terminer, la nuance de mépris qui s'applique à *tous*, sans exception. — 5. Oreste ne fera que suivre cette fureur; il ne frappera pas Pyrrhus. — 6. Le rapprochement des mots *Oreste* et *content* forme une sorte de contre-sens voulu. — 7. *Courage* = cœur et, réciproquement, *cœur* signifiait souvent : courage. — 8. Voir le commentaire de ce vers par Musset, p. 118. Comparer tout ce passage avec *Cinna*, III, 4 :

Je saurai bien venger mon pays et mon père [...]
Puisque ta lâcheté n'ose me mériter.
Viens me voir, dans son sang et dans le mien baignée,
De ma seule vertu mourir accompagnée,
Et te dire en mourant d'un esprit satisfait :
« N'accuse point mon sort, c'est toi seul qui l'as fait. »

Et mes sanglantes mains, sur moi-même tournées,
Aussitôt, malgré lui, joindront nos destinées;
Et, tout ingrat qu'il est, il me sera plus doux
De mourir avec lui que de vivre avec vous[1].

ORESTE. — Non, je vous priverai de ce plaisir funeste,
Madame : il ne mourra que de la main d'Oreste.
Vos[2] ennemis par moi vont vous être immolés,
Et vous reconnaîtrez mes soins, si vous voulez[3].

HERMIONE. — Allez. De votre sort laissez-moi la conduite[4],
Et que tous vos vaisseaux soient prêts pour notre fuite.

---

1. Cf. les célèbres imprécations de Camille, dans *Horace*. — 2. Oreste souligne de la sorte l'importance du sacrifice qu'il fait à Hermione. — 3. Var. 1668-1676 :

> Mais que dis-je? ah! plutôt permettez que j'espère.
> Excusez un amant que trouble sa misère,
> Qui tout prêt d'être heureux envie encor le sort
> D'un ingrat, condamné par vous-même à la mort.

— 4. Sens étymologique : la direction.

- **L'action** — L'idée de suicide commence à solliciter Hermione (v. 1245-1248); sa décision finale ne surprendra donc pas. Mais, pour le moment, nous ne pouvons voir, dans l'évocation du suicide, qu'un moyen brutal d'agir sur Oreste (v. 1248).
- **Les caractères** — Parce qu'elle ne l'aime pas, Hermione connaît fort bien la faiblesse d'ORESTE (v. 1234-1236). Lui-même connaît son impuissance (v. 1252), car il est né sous le signe de l'échec.
  HERMIONE manifeste une jalousie (v. 1214-1216) de jeune fille humiliée (v. 1224) qui voit une esclave prendre sa place. Elle a des éclats de grande amoureuse (1247-1248) mais se montre cinglante avec celui qui l'aime et qu'elle n'aime pas (v. 1242).
  ① Ainsi, commente R. Picard (*op. cit.*, I, p. 1109), « les héros se torturent-ils et se déchaînent-ils les uns les autres; il ne saurait en être autrement, car chacun d'eux [...] dépend de l'égarement de l'autre » (voir, plus bas, le jugement de Saint-Victor).
- **Le cruel Racine** — Si la mise en scène est d'une sobriété toute classique, les évocations les plus sanglantes ne nous sont pas plus épargnées par Racine (v. 1230, 1244, 1245 et, plus haut, 930, 996, 1002) que par Corneille.
  ② P. de Saint-Victor a écrit, à propos d'Hermione :
  « La tyrannie féminine toute puissante, sûre de son empire, n'a jamais plus cruellement abusé de l'homme réduit en sa servitude. »
  ③ LE PARALLÈLE CORNEILLE-RACINE — Comparez la tirade d'Hermione (v. 1232-1248) à la tirade d'Émilie, dans *Cinna* (III, 4), dont nous donnons quelques extraits en note. Vous étayerez votre parallèle sur ces lignes de Claude Roy (*le Commerce des classiques*, p. 311) : « Un grand classique est une personnalité qui se dégage irrésistiblement avec des moyens qui ne sont pas personnels. L'art de Racine est, en apparence, l'art de tous les auteurs de tragédie de son temps, et son vocabulaire le leur, et sa formule celle de ses contemporains. Mais ce qui reste, Racine oublié, c'est Racine, une certaine façon frissonnante, glaciale, détachée et musicale d'être et de s'exprimer. »

Scène IV. — HERMIONE, CLÉONE.

CLÉONE. — Vous vous perdez, Madame; et vous devez songer...
HERMIONE. — Que je me perde ou non, je songe à me venger.
Je ne sais même encor, quoi qu'il m'ait pu promettre,
Sur d'autres que sur moi si je dois m'en remettre.
Pyrrhus n'est pas coupable à ses yeux comme aux miens,
Et je tiendrais mes coups[1] bien plus sûrs que les siens.
Quel plaisir de venger moi-même mon injure,
De retirer mon bras teint du sang du parjure,
Et, pour rendre sa peine et mes plaisirs plus grands,
De cacher ma rivale à ses regards mourants!
Ah! si du moins Oreste, en punissant son crime,
Lui laissait le regret de mourir ma victime!
Va le trouver : dis-lui qu'il apprenne à l'ingrat
Qu'on l'immole à ma haine, et non pas à l'État.
Chère Cléone, cours. Ma vengeance est perdue
S'il ignore en mourant quc c'est moi qui le tue.
CLÉONE. — Je vous obéirai. Mais qu'est-ce que je voi[2]?
Ô Dieux! qui l'aurait cru, Madame? C'est le Roi[3]!
HERMIONE. — Ah! cours après Oreste; et dis-lui, ma[4] Cléone,
Qu'il n'entreprenne rien sans revoir Hermione.

Scène V. — PYRRHUS, HERMIONE, PHŒNIX[5].

PYRRHUS. — Vous ne m'attendiez pas, Madame; et je vois bien
Que mon abord ici trouble votre entretien.
Je ne viens point, armé d'un indigne artifice,
D'un voile d'équité couvrir mon injustice;
Il suffit que mon cœur me condamne tout bas;
Et je soutiendrais mal ce que je ne crois pas[6].
J'épouse une Troyenne. Oui, Madame, et j'avoue
Que je vous ai promis la foi que je lui voue.

---

1. Je considérerais mes coups comme... — 2. Voir le v. 688. — 3. Désigné par sa fonction, Pyrrhus apparaît dans tout son rayonnement. — 4. Ce possessif ne s'adresse à Cléone que par « report » : Hermione pense à Pyrrhus. — 5. Subligny a critiqué vivement cette scène dans la préface de *la Folle Querelle :* « Il est ridicule de venir ainsi chercher les gens pour leur faire insulte. » Mais cette scène était attendue : pour la première fois, Hermione et Pyrrhus sont face à face. — 6. Je soutiendrais mal la cause de mon innocence, puisque je n'y crois pas.

Un autre vous dirait que dans les champs troyens
Nos deux pères sans nous formèrent ces liens,
Et que, sans consulter ni mon choix ni le vôtre,
Nous fûmes sans amour engagés l'un à l'autre;
Mais c'est assez pour moi que je me sois soumis.
Par mes ambassadeurs mon cœur vous fut promis;
Loin de les révoquer, je voulus y souscrire[1].
Je vous vis avec eux arriver en Épire;
Et quoique d'un autre œil l'éclat victorieux
Eût déjà prévenu le pouvoir de vos yeux,
Je ne m'arrêtai point à cette ardeur nouvelle :
Je voulus m'obstiner[2] à vous être fidèle,
Je vous reçus en reine; et jusques à ce jour
J'ai cru que mes serments me tiendraient lieu d'amour.
Mais cet amour l'emporte; et, par un coup funeste,
Andromaque m'arrache un cœur qu'elle déteste.
L'un par l'autre entraînés, nous courons à l'autel
Nous jurer, malgré nous[3], un amour immortel.

1. Je voulus souscrire à ce qu'avaient promis les ambassadeurs (accord par syllepse). — 2. Noter la brutalité méprisante du mot. — 3. Voir les v. 1091-1092. Il y a là une antithèse significative : on n'engage sa vie que par un acte volontaire; or, ce n'est pas la volonté qui conduit à l'engagement Pyrrhus et Andromaque.

- **L'action** — Aux v. 1271-1276, l'action est en suspens, pour quelques secondes : Pyrrhus reviendrait-il à Hermione? Mais la franchise inconsciemment cruelle de Pyrrhus va faire renaître, en Hermione, la haine un moment éclipsée par l'amour.
- **Les caractères** — HERMIONE. Son amour bafoué, son orgueil blessé font d'elle une furie (v. 1261, 1265-1266, 1269-1270). Mais quelle opposition entre la violence sanguinaire du v. 1262 et la douceur du v. 1274! La même passion, suscitée par Pyrrhus, attendrit le cœur ou le durcit, fait pâlir de haine ou rougir de plaisir.
  — PYRRHUS. Honnête homme, il est conscient de son parjure. D'où l'embarras de l'entrée en matière (v. 1275-1280). Mais, à partir du v. 1281, avec quelle inconscience il déchire le cœur d'Hermione ! Sans précaution, il tue l'espérance qu'elle venait de ressentir (v. 1281). Sans aucun ménagement, il déclare n'avoir jamais eu d'amour pour elle (v. 1286); elle fut même un poids pour lui (v. 1294). Comme il n'est pas un goujat, il faut comprendre que, lui parlant, il ne pense pas à elle : toute la pensée du passionné tourne autour de l'objet de sa passion. — Hermione n'aura pas besoin qu'on le lui explique : voir le v. 1376.
- **Le tragique,** chez Racine, naît de la *psychologie* plus que de l'action : chaque personnage est enfermé dans un univers clos d'où il ne peut s'évader et où personne ne peut pénétrer. C'est le drame de la solitude. Chacun est seul avec sa passion qui le dévore.
  ① Partagez-vous l'opinion de M. Jean Vilar qui voit, dans la tragédie, un « combat sans merci que se livrent [des] monstres poudrés »?

Après cela, Madame, éclatez[1] contre un traître,
Qui l'est avec douleur, et qui pourtant veut l'être.
Pour moi, loin de contraindre un si juste courroux,
Il me soulagera peut-être autant que vous.
Donnez-moi tous les noms destinés aux parjures :
Je crains votre silence, et non pas vos injures;
Et mon cœur, soulevant mille secrets témoins,
M'en dira d'autant plus que vous m'en direz moins.

HERMIONE. — Seigneur, dans cet aveu dépouillé d'artifice[2],
J'aime à voir que du moins vous vous rendiez justice,
Et que, voulant bien rompre un nœud si solennel,
Vous vous abandonniez au crime en criminel.
Est-il juste, après tout, qu'un conquérant s'abaisse
Sous la servile loi de garder sa promesse[3]?
Non, non, la perfidie a de quoi vous tenter,
Et vous ne me cherchez que pour vous en vanter.
Quoi! sans que ni serment ni devoir vous retienne,
Rechercher une Grecque, amant d'une Troyenne[4]?
Me quitter, me reprendre, et retourner encor
De la fille d'Hélène à la veuve d'Hector?
Couronner tout à tour l'esclave et la princesse;
Immoler Troie aux Grecs, au fils d'Hector la Grèce[5]?
Tout cela part d'un cœur toujours maître de soi[6],
D'un héros qui n'est point esclave de sa foi.
Pour plaire à votre épouse, il vous faudrait peut-être
Prodiguer les doux noms de parjure et de traître.
Vous veniez de mon front observer la pâleur,
Pour aller dans ses bras rire de ma douleur[7].
Pleurante après son char vous voulez qu'on me voie[8];
Mais, Seigneur, en un jour ce serait trop de joie;
Et sans chercher ailleurs des titres empruntés[9],
Ne vous suffit-il pas de ceux que vous portez[10]?
Du vieux père d'Hector la valeur abattue

1. Éclatez de colère. — 2. Hermione reprend le mot utilisé par Pyrrhus au v. 1277. — 3. Noter les antithèses : *conquérant-s'abaisse, servile-loi.* — 4. Nouvelle antithèse entre les deux hémistiches. *Rechercher* est employé absolument : rechercher en mariage. — 5. Hermione oppose la Grèce à Troie afin de souligner la double trahison de Pyrrhus : envers sa fiancée, envers sa patrie. — 6. Emploi habituel au XVIIe siècle du pronom réfléchi; nous dirions : maître de lui. Dès la scène initiale (v. 120), Pylade avait porté le même jugement sur Pyrrhus dont le cœur est *si peu maître de lui.* — 7. Var. : « Votre grand cœur sans doute attend après mes pleurs, — Pour aller dans ses bras jouir de nos douleurs? ». La comparaison entre les deux textes montre comment Racine savait se corriger. — 8. Les prisonniers de guerre suivaient le char du vainqueur : ainsi Cassandre fut attachée au char d'Agamemnon. — 9. Titres d'infidèle, de parjure. — 10. Titres de bourreau, de guerrier sans pitié.

Aux pieds de sa famille expirante à sa vue,
Tandis que dans son sein votre bras enfoncé
Cherche un reste de sang que l'âge avait glacé;
Dans des ruisseaux de sang Troie ardente[1] plongée;
De votre propre main Polyxène[2] égorgée
Aux yeux de tous les Grecs indignés contre vous :
Que peut-on refuser à ces généreux coups?

PYRRHUS. — Madame, je sais trop à quel excès de rage
La vengeance d'Hélène emporta mon courage[3].
Je puis me plaindre à vous du sang que j'ai versé;
Mais enfin je consens d'[4]oublier le passé.
Je rends grâces au Ciel que votre indifférence
De mes heureux soupirs m'apprenne l'innocence[5].
Mon cœur, je le vois bien, trop prompt à se gêner[6],
Devait[7] mieux vous connaître et mieux s'examiner.
Mes remords vous faisaient une injure mortelle;
Il faut se croire aimé pour se croire infidèle.
Vous ne prétendiez point m'arrêter dans vos fers :
Je crains de vous trahir, peut-être je vous sers.
Nos cœurs n'étaient point faits dépendants l'un de l'autre;
Je suivais mon devoir, et vous cédiez au vôtre.
Rien ne vous engageait à m'aimer en effet[8].

---

1. Sens propre : en flammes. — 2. Une des filles de Priam et d'Hécube. Aimée d'Achille, on crut qu'elle avait participé à la trahison qui mit fin à la vie du héros : Pyrrhus l'égorgea; voir l'*Hécube* d'Euripide. — 3. Voir le v. 1239. — 4. Voir le v. 443. — 5. Sens étymologique : état de quelqu'un qui ne nuit pas. — 6. Voir le v. 343. — 7. Voir le v. 207. — 8. Réellement.

- **Les caractères** — *Pyrrhus*, lucide, prend ses responsabilités (v. 1304), mais la cinglante ironie d'Hermione déclenche une riposte (v. 1342) : c'est pour venger la mère d'Hermione qu'il s'est montré féroce; c'est à cause d'Hélène (v. 1343) qu'il a versé tant de sang, Hermione est mal venue de le lui reprocher.

— *Hermione* reste assez maîtresse d'elle-même pour cingler Pyrrhus avec une ironie vengeresse (qu'on ne saurait confondre avec la froide ironie de Célimène devant Arsinoé (*le Misanthrope*, III, 4) : v. 1309, 1310, 1313, 1323, 1324, 1326.

① « Le couplet du quatrième acte, que le public, les gens de lettres et les comédiens appellent le *couplet d'ironie*, ne peut, selon moi, porter ce nom. L'ironie demande une légèreté d'esprit, une tranquillité d'âme que certainement Hermione n'a pas [...] Hermione doit donc donner à ses reproches toute l'amertume, tout le mépris qui peut les rendre encore plus insolents, mais elle ne veut ni ne doit plaisanter. » (Mlle Clairon — 1723-1803 —, *Mémoires*).

HERMIONE. — Je ne t'[1]ai point aimé, cruel? Qu'ai-je donc fait?
J'ai dédaigné pour toi les vœux de tous nos princes,
Je t'ai cherché moi-même au fond de tes provinces;
J'y suis encor, malgré tes infidélités,
Et malgré tous mes Grecs honteux de mes bontés.
Je leur ai commandé de cacher mon injure[2];
J'attendais en secret le retour d'un parjure;
J'ai cru que tôt ou tard, à ton devoir rendu,
Tu me rapporterais un cœur qui m'était dû.
Je t'aimais inconstant; qu'aurais-je fait fidèle[3]?
Et même en ce moment où ta bouche cruelle
Vient si tranquillement m'annoncer le trépas,
Ingrat, je doute encor si je ne t'aime pas[4].
Mais, Seigneur, s'il le faut, si le Ciel en colère[5]
Réserve à d'autres yeux la gloire de vous plaire,
Achevez votre hymen, j'y consens[6]. Mais du moins
Ne forcez pas mes yeux d'en être les témoins.
Pour la dernière fois je vous parle peut-être[7] :
Différez-le d'un jour; demain vous serez maître.
Vous ne répondez point? Perfide, je le voi[8],
Tu comptes les moments que tu perds avec moi!
Ton cœur, impatient de revoir ta Troyenne,
Ne souffre qu'à regret qu'un autre[9] t'entretienne.
Tu lui parles du cœur, tu la cherches des yeux[10].
Je ne te retiens plus, sauve-toi de ces lieux :
Va lui jurer la foi que tu m'avais jurée,
Va profaner des Dieux la majesté sacrée.
Ces Dieux, ces justes Dieux n'auront pas oublié
Que les mêmes serments avec moi t'ont lié.
Porte aux pieds des autels ce cœur qui m'abandonne;
Va, cours. Mais crains encor[11] d'y trouver Hermione.

---

1. Noter le passage du *vous* au *tu*, qui marque une vive émotion : le comportement intime l'emporte sur le contrôle mondain de soi. — 2. L'injure qui m'a été faite. — 3. La beauté de cette ellipse a souvent été soulignée, à juste titre. Cette forme ramassée exprime de manière beaucoup plus pathétique les sentiments d'Hermione que ne l'eût fait une longue phrase. — 4. La coupe classique est rompue ici; ce que souhaite exprimer Hermione est mis en relief au début : *ingrat ;* alors que la mélancolie qu'elle voudrait cacher est musicalement traduite par les muettes finales qui font l'effet de « points d'orgue » : *doute, encor...* — 5. Contre moi. — 6. Cette hauteur est une manière d'avoir le dernier mot. — 7. Vers gros d'une menace que Pyrrhus ne peut comprendre. — 8. Voir le v. 688. — 9. L'impersonnel est plus fort dans son imprécision calculée qu'une expression plus nette. — 10. Voir le v 952. — 11. La menace est soulignée par la vibration des *r* dans *cours, crains, encor, trouver, Hermione.*

Scène VI. — PYRRHUS, PHŒNIX.

PHŒNIX. — Seigneur, vous entendez. Gardez[1] de négliger
Une amante en fureur qui cherche à se venger.
Elle n'est en ces lieux que trop bien appuyée :
La querelle[2] des Grecs à la sienne est liée;
Oreste l'aime encore; et peut-être à ce prix...

PYRRHUS. — Andromaque m'attend. Phœnix, garde son fils.

1. Gardez-vous. — 2. Cause.

- **L'action** — Hermione annonce son trépas (v. 1367) et la menace qui pèse sur Pyrrhus (v. 1386). Mais celui-ci paraît indifférent (v. 1392) : est-ce la fierté du gentilhomme qui l'anime? Ne peut-il prêter attention qu'à Andromaque? Phœnix, que la passion n'aveugle pas, a compris la menace (v. 1387).
- **Les caractères.** — Pyrrhus, malgré son silence à la fin de la sc. 5, est particulièrement émouvant, car l'on devine qu'il ne paraîtra plus, et sa réplique finale (v. 1353-1355) a de l'allure, de quelque façon qu'on l'interprète.
  Hermione atteint le paroxysme de la passion. Plus aucun sentiment, même l'orgueil, ne subsiste (v. 1368); mais n'oublions pas que cette passion a deux faces : la tendresse et la fureur (v. 1388); Pyrrhus sera l'amant ou la victime d'Hermione : il ne lui échappera pas.
- **L'art classique** — Les transports d'Hermione conservent une parfaite structure classique : l'art classique ne perd pas ses droits.

① Faites le plan de cette tirade d'Hermione en montrant l'ordonnance de l'argumentation.

② Montrez avec quels scrupules et quel naturel sont observées les règles des unités (v. 1374, 1380, 1389) et des bienséances (v. 1386).

③ Étudiez ce commentaire du vers 1356 par E. Vinaver.
« Tout ce qui avait pu faire jaillir cette riposte pâlit devant l'effet de ce seul vers et le fatal pouvoir des mots qu'il contient. Placé entre la coupe médiane et l'arrêt qui le sépare de *qu'ai-je donc fait?*, le mot *cruel* devient l'élément dominant de la phrase. Et, comme pour en imiter le ton et le rythme, vient cet autre vers :
Vous ne répondez point? [v. 1375]...
qui se superpose au premier comme la perfidie de Pyrrhus à sa cruauté. »

④ Commentez ce que Péguy a écrit sur la force du mot *cruel* dans la tragédie de Racine : « C'est là un véritable mot conducteur, motif conducteur, c'est-à-dire non pas un appareil, une applique extérieure, mais un mot, un mouvement réellement central, profondément intérieur qui revient toutes les fois qu'il est réellement nécessaire. »

ACTE V

SCÈNE PREMIÈRE. — HERMIONE, *seule*.

Où suis-je? Qu'ai-je fait? Que dois-je faire encore?
Quel transport[1] me saisit? Quel chagrin me dévore?
Errante, et sans dessein, je cours dans ce palais.
Ah! ne puis-je savoir si j'aime ou si je hais?
Le cruel! de quel œil il m'a congédiée!
Sans pitié, sans douleur au moins étudiée[2].
L'ai-je vu se troubler et me plaindre un moment?
En ai-je pu tirer un seul gémissement[3]?
Muet à mes soupirs, tranquille à mes alarmes,
Semblait-il seulement qu'il eût part à mes larmes?
Et je le plains encore! Et, pour comble d'ennui,
Mon cœur, mon lâche cœur s'intéresse pour lui[4]!
Je tremble au seul penser du coup qui le menace,
Et, prête à me venger, je lui fais déjà grâce.
Non, ne révoquons point l'arrêt de mon courroux :
Qu'il périsse! aussi bien il ne vit plus pour nous.
Le perfide triomphe et se rit de ma rage[5] :
Il pense voir en pleurs dissiper[6] cet orage;
Il croit que, toujours faible et d'un cœur incertain,
Je parerai d'un bras les coups de l'autre main.
Il juge encor de moi par mes bontés passées.
Mais plutôt le perfide a bien d'autres pensées.
Triomphant dans le temple, il ne s'informe pas
Si l'on souhaite ailleurs sa vie ou son trépas.
Il me laisse, l'ingrat! cet embarras funeste.
Non, non, encore un coup[7] : laissons agir Oreste.
Qu'il meure, puisqu'enfin il a dû le prévoir,
Et puisqu'il m'a forcée enfin[8] à le vouloir.
A le vouloir? Hé quoi! c'est donc moi qui l'ordonne?
Sa mort sera l'effet de l'amour d'Hermione?
Ce prince, dont mon cœur se faisait autrefois
Avec tant de plaisir redire les exploits[9],

1. Voir le v. 1055. — 2. Feinte. — 3. Cf. Virgile, *Énéide*. IV, 369-370 : « Mes pleurs l'ont-ils fait gémir? [Didon parle d'Énée qui l'a abandonnée]. A-t-il détourné les yeux? A-t-il, vaincu, versé des larmes ou a-t-il eu pitié de celle qui l'aime? ». — 4. Lui porte de l'intérêt. — 5. Les *r* jouent le même rôle ici qu'au v. 1386. — 6. Se dissiper : l'emploi absolu se substituait souvent à l'emploi pronominal, là où il serait de règle aujourd'hui. — 7. Voir le v. 1158. — 8. La répétition du mot *enfin* marque la dérobade d'Hermione devant la vérité : ce n'est pas elle qui est cause de la mort de Pyrrhus, mais lui. — 9. Voir le v. 852.

A qui même en secret je m'étais destinée
Avant qu'on eût conclu ce fatal hyménée,
Je n'ai donc traversé tant de mers, tant d'États,
Que pour venir si loin préparer son trépas,
L'assassiner, le perdre[1]? Ah! devant[2] qu'il expire...

SCÈNE II. — HERMIONE, CLÉONE.

HERMIONE. — Ah! qu'ai-je fait, Cléone? et que viens-tu me dire?
Que fait Pyrrhus?

CLÉONE. — Il est au comble de ses vœux,
Le plus fier[3] des mortels et le plus amoureux.
Je l'ai vu vers le temple, où son hymen s'apprête,
Mener en conquérant sa nouvelle conquête[4];
Et, d'un œil où brillaient sa joie et son espoir[5],
S'enivrer en marchant du plaisir de la voir.
Andromaque, au travers de mille cris de joie,
Porte jusqu'aux autels le souvenir de Troie[6] :
Incapable toujours d'aimer et de haïr,
Sans joie et sans murmure elle semble obéir[7].

1. *Préparer, assassiner, perdre :* trois verbes pour exprimer la même idée, devant laquelle Hermione commence à éprouver de l'épouvante. — 2. *Devant que,* pour *avant que,* est déjà presque un archaïsme à l'époque de Racine. — 3. La fierté est ici une joie orgueilleuse. — 4. Langage de la préciosité, mais il faut remarquer la répétition voulue *conquérant-conquête.* — 5. Var. : « Et d'un œil *qui déjà dévorait* son espoir. » Bien que Subligny eût critiqué ce vers, Racine ne le modifia qu'en 1687. — 6. Noter l'alliance du concret (*autels*) et de l'abstrait (*souvenir de Troie*). — 7. Le contraste est saisissant entre la joie des Épirotes qui acclament leur reine et le recueillement de celle qui se prépare à la mort.

- **Les personnages** — CLÉONE est brutale quand elle décrit Pyrrhus (v. 1431, 1436); fine psychologue pour décrire Andromaque (v. 1437-1440); maladroite au total car son rapport va déterminer la mort de Pyrrhus, qu'elle ne désire pas.

— HERMIONE est écartelée par la passion; il y a maintenant deux Hermiones : la criminelle qui prépare la mort de Pyrrhus et l'amoureuse prête à tout pardonner. Se représente-t-elle Andromaque au bras de Pyrrhus? elle n'est que haine. Voit-elle déjà Pyrrhus baignant dans son sang (v. 1429)? elle n'est plus qu'amour. « Quand elle agit, quand elle fait agir, elle ne reconnaît plus celle qui dit *je* » (R. Picard, *op. cit.*, I, p. 1110). Mais son monologue est classique par l'ordonnance de l'argumentation :
1393-1396 : que faire? (le v. 1396 est capital).
1397-1402 : haine; 1403-1406 : amour; 1407-1420 : haine; 1421-1429 : amour.

① Comparez le monologue d'Hermione et celui de Pauline (v. 721-764) dans *Polyeucte.*

HERMIONE. — Et l'ingrat? Jusqu'au bout il a poussé l'outrage?
Mais as-tu bien, Cléone, observé son visage?
Goûte-t-il des plaisirs tranquilles et parfaits?
N'a-t-il point détourné ses yeux vers le palais?
Dis-moi, ne t'es-tu point présentée à sa vue?
L'ingrat a-t-il rougi lorsqu'il t'a reconnue?
Son trouble avouait-il son infidélité?
A-t-il jusqu'à la fin soutenu[1] sa fierté?

CLÉONE. — Madame, il ne voit rien : son salut et sa gloire
Semblent être avec vous sortis de sa mémoire.
Sans songer qui le suit, ennemis ou sujets,
Il poursuit seulement ses amoureux projets.
Autour du fils d'Hector il a rangé sa garde[2],
Et croit que c'est lui seul que le péril regarde.
Phœnix même en répond, qui[3] l'a conduit exprès
Dans un fort éloigné du temple et du palais.
Voilà, dans ses transports, le seul soin[4] qui lui reste.

HERMIONE. — Le perfide! Il mourra. Mais que t'a dit Oreste?

CLÉONE. — Oreste avec ses Grecs dans le temple est entré.

HERMIONE. — Hé bien! à me venger n'est-il pas préparé?

CLÉONE. — Je ne sais[5].

HERMIONE. — Tu ne sais? Quoi donc? Oreste encore,
Oreste me trahit?

CLÉONE. — Oreste vous adore.
Mais de[6] mille remords son esprit combattu
Croit tantôt son amour et tantôt sa vertu.
Il respecte en Pyrrhus l'honneur du diadème;
Il respecte en Pyrrhus Achille et Pyrrhus même;
Il craint la Grèce, il craint l'univers en courroux,
Mais il se craint, dit-il, soi-même plus que tous[7].
Il voudrait en vainqueur vous apporter sa tête :
Le seul nom d'assassin l'épouvante et l'arrête[8].
Enfin il est entré, sans savoir dans son cœur
S'il en devait sortir coupable ou spectateur[9].

---

1. Maintenu intacte. — 2. Détail déjà relevé par deux fois : voir les v. 1061 et 1218. — 3. Il était dans l'usage, au XVIIe siècle, d'éloigner le relatif de son antécédent, à condition toutefois qu'il n'y eût pas ambiguïté. — 4. Voir le v. 62. — 5. Racine a voulu laisser à Oreste le soin de raconter lui-même le meurtre de Pyrrhus; ainsi, l'intérêt du spectateur est maintenu en suspens (Cf. *Tartuffe*, v. 694-695). — 6. Voir le v. 329. — 7. Il craint *sa vertu* (v. 1464), et donc les remords qui l'assailliront. — 8. *Soyons ses ennemis, et non ses assassins*, avait-il dit au v. 1180. — 9. Oreste hésite encore; il ne sait s'il laissera agir ses soldats ou s'il agira lui-même, comme Hermione en avait exprimé le désir.

HERMIONE. — Non, non, il les[1] verra triompher sans obstacle;
Il se gardera bien de troubler ce spectacle.
Je sais de quels remords son courage[2] est atteint :
Le lâche craint la mort, et c'est tout ce qu'il craint[3].
Quoi! sans qu'elle employât[4] une seule prière,
Ma mère en sa faveur arma la Grèce entière?
Ses yeux, pour leur querelle, en dix ans de combats,
Virent périr vingt rois qu'ils ne connaissaient pas?
Et moi, je ne prétends[5] que la mort d'un parjure,
Et je charge un amant du soin de mon injure;
Il peut me conquérir à ce prix, sans danger;
Je me livre moi-même, et ne puis me venger?
Allons : c'est à moi seule à me rendre justice.
Que de cris de douleur le temple retentisse;
De leur hymen fatal troublons l'événement[6],
Et qu'ils ne soient unis, s'il se peut, qu'un moment.
Je ne choisirai point dans ce désordre extrême :
Tout me sera Pyrrhus, fût-ce Oreste lui-même.
Je mourrai; mais au moins ma mort me vengera.
Je ne mourrai pas seule, et quelqu'un me suivra.

1. Il verra Pyrrhus et Andromaque; pour Hermione, qui ne pense qu'à eux, le sens est parfaitement clair. — 2. Voir le v. 1239. — 3. Hermione avait déjà reproché à Oreste son manque de courage : v. 1242. — 4. Le plus-que-parfait du subjonctif serait aujourd'hui plus logique. — 5. Réclame. — 6. « L'issue, le succès de quelque chose » (*Dict. de l'Acad.*, 1694).

- **L'action** — Au début de l'acte, le monologue ménageait un palier. Ici, selon un autre procédé classique, c'est le récit qui, à la fois, procure un répit et prolonge l'action.
  Hermione annonce sa mort, sans ambages : v. **1491.**
  Mais l'intérêt demeure, puisque Cléone laisse entendre (v. **1463-1472**) qu'Oreste ne sait pas encore ce qu'il veut faire.
  Hermione est, de la sorte, doublement incitée à l'action : par l'indifférence injurieuse de Pyrrhus (v. **1449-1450, 1457**) et par l'irrésolution d'Oreste.
- **Le pathétique** — vient du fait qu'Hermione fait tous les sacrifices, même celui de sa vie, sans pouvoir trouver la satisfaction qu'elle cherche : v. **1484.**
  Mais, sauf Andromaque, aucun des quatre protagonistes ne pourra se réaliser : l'avenir qu'ils ont choisi leur sera refusé par le destin.

① Montrez par quels procédés le style tragique rejoint le style oratoire.

② Oreste, présenté par Cléone aux v. **1462-1472**, est bien le même que nous avons observé à la scène **3** de l'acte IV, notamment aux vers **1177-1213** : vous le montrerez.

SCÈNE III. — ORESTE, HERMIONE, CLÉONE.

ORESTE. — Madame, c'en est fait[1], et vous êtes servie :
Pyrrhus rend à l'autel son infidèle vie.

HERMIONE. — Il est mort?

ORESTE. — Il expire; et nos Grecs irrités
Ont lavé dans son sang ses infidélités.
Je vous l'avais promis; et quoique mon courage[2]
Se fît de ce complot une funeste[3] image,
J'ai couru vers le temple, où nos Grecs dispersés
Se sont jusqu'à l'autel dans la foule glissés.
Pyrrhus m'a reconnu. Mais sans changer de face[4],
Il semblait que ma vue excitât son audace,
Que tous les Grecs, bravés en leur ambassadeur,
Dussent de son hymen relever la splendeur.
Enfin, avec transport prenant son diadème,
Sur le front d'Andromaque il l'a posé lui-même[5] :
« Je vous donne, a-t-il dit, ma couronne et ma foi,
Andromaque; régnez sur l'Épire et sur moi[6].
Je voue à votre fils une amitié de père;
J'en atteste les Dieux, je le jure à sa mère.
Pour tous mes ennemis je déclare les siens[7],
Et je le reconnais pour le[8] roi des Troyens. »
A ces mots, qui du peuple attiraient le suffrage,
Nos Grecs n'ont répondu que par un cri de rage;
L'infidèle s'est vu partout envelopper[9],
Et je n'ai pu trouver de place pour frapper.
Chacun se disputait la gloire de l'abattre.
Je l'ai vu dans leurs mains quelque temps se débattre,
Tout sanglant à leurs coups vouloir se dérober;
Mais enfin à l'autel il est allé tomber.

---

1. Ici commence la longue variante reproduite à la page suivante. — 2. *Courage* a ici le même sens qu'au vers 1239. — 3. L'adjectif est inséparable du nom d'Oreste. — 4. Voir le v. 137. — 5. Oreste aggrave le cas de Pyrrhus. Tout ce récit est imité librement de l'*Andromaque* d'Euripide; Racine en a surtout retenu les détails propres à renforcer la colère d'Hermione. — 6. Noter les reprises : *Épire-couronne ; moi-foi.* — 7. Je déclare que les ennemis d'Astyanax sont les miens. — 8. L'article défini est très fort et souligne ce fait qu'Astyanax est le seul roi légitime des Troyens. — 9. Cf. Euripide, *Andromaque*, v. 1135-1136 : « Quand ils l'eurent enveloppé et encerclé de toutes parts, sans lui laisser le temps de respirer... »

Du peuple épouvanté j'ai traversé la presse[1]
Pour venir de ces lieux enlever ma Princesse,
Et regagner le port, où bientôt nos amis
Viendront couverts du sang que je vous ai promis[2].

HERMIONE.- Qu'ont-ils fait[3] !

1. La foule. — 2. Au v. 1230, Hermione avait donné cet ordre à Oreste : « Revenez tout couvert du sang de l'infidèle. » — 3. Selon l'édition de 1697, il faut ici un point d'exclamation, non un point d'interrogation : Hermione n'a pas de question à poser, elle est épouvantée.

- **Variante** — Dans les éditions de 1668 et 1673, la scène se présentait autrement : Oreste était accompagné d'Andromaque, de Céphise, d'une suite de soldats, et il commençait en ces termes :

ORESTE. — Madame, c'en est fait, partons en diligence,
Venez dans mes vaisseaux goûter votre vengeance.
Voyez cette captive : elle peut mieux que moi
Vous apprendre qu'Oreste a dégagé sa foi.

HERMIONE. — Ô Dieux ! c'est Andromaque.

ANDROMAQUE. — Oui, c'est cette princesse
Deux fois veuve, et deux fois l'esclave de la Grèce,
Mais qui jusque dans Sparte ira vous braver tous,
Puisqu'elle voit son fils à couvert de vos coups.
Du crime de Pyrrhus complice manifeste,
J'attends son châtiment. Car je vois bien qu'Oreste,
Engagé par votre ordre à cet assassinat,
Vient de ce triste exploit vous céder tout l'éclat.
Je ne m'attendais pas que le Ciel en colère
Pût, sans perdre mon fils, accroître ma misère,
Et gardât à mes yeux quelque spectacle encor
Qui fît couler mes pleurs pour un autre qu'Hector.
Vous avez trouvé seule une sanglante voie
De suspendre en mon cœur le souvenir de Troie.
Plus barbare aujourd'hui qu'Achille et que son fils,
Vous me faites pleurer mes plus grands ennemis;
Et ce que n'avait pu promesse ni menace,
Pyrrhus de mon Hector semble avoir pris la place.
Je n'ai que trop, Madame, éprouvé son courroux;
J'aurais plus de sujet de m'en plaindre que vous.
Pour dernière rigueur ton amitié cruelle,
Pyrrhus, à mon époux me rendait infidèle.
Je t'en allais punir. Mais le Ciel m'est témoin
Que je ne poussais pas ma vengeance si loin;
Et sans verser ton sang ni causer tant d'alarmes,
Il ne t'en eût coûté peut-être que des larmes.

HERMIONE. — Quoi? Pyrrhus est donc mort?

ORESTE. (v. 1496 - 1520 du texte définitif). — Oui, [nos Grecs irrités...]
Le Troyen est sauvé. Mais partons, le temps presse
L'Épire tôt ou tard satisfera la Grèce.
Cependant j'ai voulu qu'Andromaque aujourd'hui
Honorât mon triomphe et répondît de lui.
Du peuple épouvanté la foule fugitive
M'a laissé sans obstacle enlever ma captive... [v. 1538].

① Par une comparaison méthodique (action, caractères, unité, style) de cette variante avec le texte définitif, justifiez le choix de Racine.

ORESTE. — Pardonnez à leur impatience :
Ils ont, je le vois bien, trahi[1] votre vengeance.
Vous vouliez que ma main portât les premiers coups,
Qu'il sentît en mourant qu'il expirait pour vous;[2]
Mais c'est moi dont l'ardeur leur a servi d'exemple :
Je les ai pour vous seule entraînés dans le temple,
Madame; et vous pouvez justement vous flatter
D'une mort que leurs bras n'ont fait qu'exécuter.
Vous seule avez poussé les coups...

HERMIONE. — Tais-toi, perfide,
Et n'impute qu'à toi ton lâche parricide[3].
Va faire chez tes Grecs admirer ta fureur,
Va, je la désavoue, et tu me fais horreur.
Barbare[4], qu'as-tu fait? Avec quelle furie[5]
As-tu tranché le cours d'une si belle vie!
Avez-vous pu, cruels[6], l'immoler aujourd'hui,
Sans que tout votre sang se soulevât pour lui?
Mais parle. De son sort qui t'a rendu l'arbitre?
Pourquoi l'assassiner? Qu'a-t-il fait? A quel titre?
Qui te l'a dit?

ORESTE. — Ô Dieux! Quoi? ne m'avez-vous pas
Vous-même, ici, tantôt, ordonné son trépas[7]?

HERMIONE. Ah! fallait-il en croire une amante insensée?
Ne devais-tu[8] pas lire au fond de ma pensée[9]?
Et ne voyais-tu pas dans mes emportements
Que mon cœur démentait ma bouche à tous moments?
Quand je l'aurais voulu, fallait-il y souscrire?
N'as-tu pas dû cent fois te le faire redire?
Toi-même avant le coup me venir consulter,
Y revenir encore, ou plutôt m'éviter?
Que ne me laissais-tu le soin de ma vengeance!
Qui[10] t'amène en des lieux où l'on fuit ta présence?
Voilà de ton amour le détestable fruit :
Tu m'apportais, cruel, le malheur qui te suit[11].

1. Trahir : « en parlant des choses, ne pas seconder, rendre vain, décevoir » (Littré). — 2. Voir les vers 1265-1270. — 3. Sens très général, au XVIIe siècle : meurtre d'un père, d'une mère, d'un frère, d'une sœur, d'un enfant, d'un ami, d'un roi. — 4. Hermione reproche à Oreste sa cruauté, sans doute, mais peut-être faut-il penser qu'elle lui signifie qu'il est désormais à ses yeux un étranger : sens étymologique de *barbare*. — 5. A la fois, acharnement inhumain et geste de folie. — 6. Hermione pense aux soldats d'Oreste. — 7. Noter le halètement des coupes : *vous-même, ici, tantôt, ordonné son trépas* (2+2+2+3+3). *Ici* marque l'unité de lieu, *tantôt* l'unité de temps, et *ordonné son trépas* l'unité d'action. — 8. Cf. v. 207, n. 6. — 9. Cf. l'acte II, scène 2, où Oreste essaie de lire dans la pensée d'Hermione et s'entend reprocher de se faire souffrir lui-même en s'obstinant à chercher des « détours dans ses raisons » (v. 579). — 10. *Qui*, employé au neutre au XVIIe siècle a le sens de *quoi, quelle chose*. — 11. Cf. les vers 25, 482-484, 775-776, 797-798.

C'est toi dont l'ambassade, à tous les deux fatale,
L'a fait pour son malheur pencher vers ma rivale.
Nous le verrions encor nous partager ses soins;
Il m'aimerait peut-être; il le feindrait du moins[1].
Adieu. Tu peux partir. Je demeure en Épire :
Je renonce à la Grèce, à Sparte, à son empire,
A toute ma famille; et c'est assez pour moi,
Traître, qu'elle ait produit un monstre comme toi[2].

---

1. Cf. v. 1398. — 2. Var. 1668-1673 (ces quatre vers terminaient la scène) :

ORESTE. — Allons, Madame, allons. C'est moi qui vous délivre.
Pyrrhus ainsi l'ordonne, et vous pouvez me suivre,
De nos derniers devoirs allons nous dégager.
Montrons qui de nous deux saura mieux le venger.

- **L'action** — Nouveau palier avec, d'abord, une rétrospective : Oreste a bien déclenché la catastrophe. Cependant, le dénouement ne sera-t-il pas modifié? *Je demeure en Épire*, annonce Hermione (v. 1561). Ainsi l'intérêt rebondit.

- **Les caractères** — ORESTE. Un des aspects de la fatalité qui le poursuit l'oblige à dire exactement et en toutes circonstances le contraire de ce qui convient : v. 1526, 1531, 1533.
HERMIONE : Son illogisme éclaire les profondeurs de l'âme humaine. Comme Pascal, Racine sait que les sentiments ont leurs raisons, qui ne sont pas celles de la raison. Un Oreste plus expérimenté aurait su *lire au fond de* la *pensée* d'Hermione : il aurait compris que la vision d'un Pyrrhus amoureux d'Andromaque déclenchait la haine d'Hermione, mais que la vision d'un Pyrrhus assassiné susciterait l'amour. Et *cent fois* (v. 1550), Oreste aurait pu, à son gré, faire naître l'un ou l'autre sentiment, endroit et envers d'une même passion.
Fixée maintenant dans l'amour par la mort de Pyrrhus, Hermione regrette (v. 1560) les incertitudes et les balancements. Ses malheurs passés lui paraissent enviables auprès de son malheur présent. L'illogisme magnifique du *Qui te l'a dit*? (v. 1543) donne une grandeur saisissante à la scène (on le comparera au *qui vous l'a dit* du v. 550).
L'orgueilleuse Hermione est très humble ; la célèbre actrice, Mlle Clairon, le soulignait par son jeu.

- **Le « fatum »** — Comme à chaque apparition d'Oreste, nous sommes plongés dans le désespoir; déterminé dès avant sa naissance, l'homme ne peut rien. En contradiction avec la notion de liberté reconnue par les théologiens catholiques, cette thèse a parfois été expliquée par le jansénisme de Racine. Racine y a surtout vu, dans un cadre mythologique approprié, une source d'émouvante poésie.

① Montrez à quel point Hermione, en renonçant aux siens (v. 1562-1563), est en contradiction avec les usages antiques; cette rupture ne préfigure-t-elle pas son destin?

SCÈNE IV. — ORESTE, *seul.*

Que vois-je? est-ce Hermione? Et que viens-je d'en-
[tendre?
Pour qui coule le sang que je viens de répandre?
Je suis, si je l'en crois, un traître, un assassin[1].
Est-ce Pyrrhus qui meurt? et suis-je Oreste enfin?[2]
Quoi! j'étouffe en mon cœur la raison[3] qui m'éclaire;
J'assassine à regret un roi que je révère;
Je viole en un jour les droits des souverains,
Ceux des ambassadeurs, et tous ceux des humains,
Ceux-même des autels où ma fureur l'assiège :
Je deviens parricide[4], assassin, sacrilège[5].
Pour qui? pour une ingrate à qui je le promets[6],
Qui même, s'il ne meurt, ne me verra jamais[7],
Dont j'épouse la rage. Et quand je l'ai servie[8],
Elle me redemande et son sang et sa vie!
Elle l'aime! et je suis un monstre furieux!
Je la vois pour jamais s'éloigner de mes yeux!
Et l'ingrate, en fuyant, me laisse pour salaire
Tous les noms odieux que j'ai pris pour lui plaire!

SCÈNE V. — ORESTE, PYLADE, SOLDATS D'ORESTE.

PYLADE. — Il faut partir, Seigneur. Sortons de ce palais,
Ou bien résolvons-nous de[9] n'en sortir jamais.
Nos Grecs pour un moment en défendent la porte.
Tout le peuple assemblé nous poursuit à main forte[10].
Aux ordres d'Andromaque ici tout est soumis :
Ils la traitent en reine, et nous comme ennemis.
Andromaque elle-même, à Pyrrhus si rebelle,
Lui rend tous les devoirs d'une veuve fidèle,

1. Ce mot (voir les v. 1180, 1570 et 1574) excite l'horreur d'Oreste. — 2. Il n'y a pas de virgule entre *Oreste* et *enfin*. Ainsi le sens est ambigu. Sans virgule, il faut entendre : après tant de malheurs, ai-je enfin accompli mon destin? Avec une virgule, le fait qu'Oreste ne se reconnaît pas serait mis en valeur. — 3. Voir le v. 712. — 4. Voir le v. 1534 .— 5. Noter la gradation ascendante d'*assassin* à *sacrilège :* ce dernier mot évoque un crime envers les dieux. — 6. Je promets cela : devenir parricide, assassin, sacrilège. — 7. Oreste se rappelle ce que lui a dit Hermione aux v. 1247-1248. — 8. Voir le v. 1493. — 9. Voir le v. 443. — 10. A main armée.

Commande qu'on le venge[1], et peut-être sur nous
Veut venger Troie encore et son premier époux.
Allons. N'attendons pas que l'on nous environne :
Nos Grecs nous rejoindront; et tandis qu'Hermione
Tient encore le peuple autour d'elle arrêté,
Voilà notre chemin, sortons en sûreté.

ORESTE. — Non, non, c'est Hermione, amis, que je veux suivre.
A son dernier arrêt je ne puis plus survivre.
Partez : j'ai fait le crime, et je vais l'expier.

PYLADE. — Hermione, Seigneur? Il la faut oublier.
Quoi! toujours l'instrument et l'objet de sa rage,
Cherchez-vous chez les morts[2] quelque nouvel outrage?
Et parce qu'elle meurt, faut-il que vous mouriez?

1. Var. 1668-1687 :
Commande qu'on le venge; et peut-être qu'encor
Elle poursuit sur nous la vengeance d'Hector.

2. Cf. *Phèdre*, IV, 6 : « Où me cacher, fuyons dans la nuit infernale... »

- **L'action** — Nous sommes rassurés sur le sort d'Andromaque qui, n'ayant pas eu à trahir Hector, peut servir la mémoire de Pyrrhus en *veuve fidèle* (v. 1590). Cependant, voulant *venger Troie* [...] *et son premier époux* (v. 1592), elle reste ce qu'elle était au début de la tragédie et garde son unité.
  La folie d'Oreste se dessine (v. 1565-1568).
  L'intervention de Pylade (v. 1583) manifeste que, d'une manière ou d'une autre, la pièce va se terminer.
- **Les caractères** — PYLADE n'apparaît que quand il faut agir, double lucide du héros malheureux. Il précipite la folie d'Oreste en lui montrant (v. 1587-1593) l'inutilité du meurtre de Pyrrhus. D'un bout à l'autre de la tragédie, Oreste ne peut rien car il n'est rien : quel sujet de réflexions métaphysiques!
  — ORESTE est lucide cependant, quand il juge l'acte qu'il a commis (v. 1571, 1573, 1574, 1582), ce qui le rend pitoyable comme Phèdre.
  Lucide aussi quand il comprend qu'il a été joué jusqu'au bout par Hermione; il en souffre d'autant plus qu'il a mis davantage de temps à le comprendre (v. 1577-1582).
  Mais déjà sa folie se dessine : il ne reconnaît pas Hermione (v. 1565), il ne se reconnaît pas lui-même (v. 1568) car il atteint les limites de l'absurde, et c'est pour essayer de se retrouver qu'il cherche à découvrir la logique de son comportement depuis son arrivée à Buthrote.
- **Interprétation** — « La manière dont Talma [grand tragédien, 1753-1826] récite ce monologue est sublime. L'espèce d'innocence qui rentre dans l'âme d'Oreste pour la déchirer, lorsqu'il dit ce vers :
  J'assassine à regret un roi que je révère [v. 1570]
  inspire une pitié que le génie même de Racine n'a pu prévoir tout entière » (Mme de Staël, *de l'Allemagne*, IIe partie, ch. XXVII).

ORESTE. — Elle meurt? Dieux! qu'entends-je?

PYLADE. — Eh quoi! vous l'ignoriez?
En rentrant dans ces lieux nous l'avons rencontrée
Qui courait vers le temple, inquiète, égarée.
Elle a trouvé Pyrrhus porté sur des soldats
Que son sang excitait à venger son trépas.
Sans doute à cet objet[1] sa rage s'est émue.
Mais du haut de la porte enfin nous l'avons vue,
Un poignard à la main, sur Pyrrhus se courber,
Lever les yeux au ciel, se frapper et tomber.

ORESTE. — Grâce aux Dieux! Mon malheur passe[2] mon espérance :
Oui, je te loue, ô Ciel, de ta persévérance.
Appliqué sans relâche au soin de me punir[3],
Au comble des douleurs tu m'as fait parvenir.
Ta haine a pris plaisir à former ma misère[4];
J'étais né pour servir d'exemple[5] à ta colère,
Pour être du malheur un modèle accompli.
Hé bien! je meurs content[6], et mon sort est rempli.
Où sont ces deux amants? Pour couronner ma joie,
Dans leur sang, dans le mien, il faut que je me noie;
L'un et l'autre en mourant je les veux regarder.
Réunissons trois cœurs qui n'ont pu s'accorder.
Mais quelle épaisse nuit tout à coup m'environne?
De quel côté sortir? D'où vient que je frissonne?
Quelle horreur[7] me saisit? Grâce au Ciel, j'entrevoi...
Dieux! quels ruisseaux de sang coulent autour de moi!

PYLADE. — Ah! Seigneur.

ORESTE. — Quoi! Pyrrhus, je te rencontre encore?
Trouverai-je partout un rival que j'abhorre?
Percé de tant de coups, comment t'es-tu sauvé?
Tiens, tiens, voilà le coup que je t'ai réservé.
Mais que vois-je? A mes yeux Hermione l'embrasse[8]?
Elle vient l'arracher au coup qui le menace?
Dieux! quels affreux regards elle jette sur moi!

---

1. Ce spectacle. — 2. Dépasse. — 3. Noter l'insistance par accumulation de termes : *appliqué, sans relâche, soin.* — 4. Observer l'antithèse *plaisir-misère.* — 5. « Exemple d'une chose, celui, celle qui a éprouvé, subi une certaine chose et qui en sert aux autres d'avertissement » (Littré, qui cite ce vers pour attester le sens ainsi défini.) — 6. Au sens fort : l'âme « contient » tout ce qu'elle peut contenir. — 7. Sens étymologique : effroi presque physiologique. — 8. Sens étymologique : le prend dans ses bras.

Quels démons[1], quels serpents traîne-t-elle après soi?
Hé bien! filles d'enfer[2], vos mains sont-elles prêtes?
Pour qui sont ces serpents qui sifflent sur vos têtes[3]?
A qui destinez-vous l'appareil[4] qui vous suit?
Venez-vous m'enlever dans l'éternelle nuit?
Venez, à vos fureurs Oreste s'abandonne.
Mais non, retirez-vous, laissez faire Hermione :
L'ingrate mieux que vous saura me déchirer;
Et je lui porte enfin mon cœur à dévorer.

PYLADE. — Il perd le sentiment. Amis, le temps nous presse :
Ménageons les moments que ce transport nous laisse.
Sauvons-le. Nos efforts deviendraient impuissants
S'il reprenait ici sa rage avec ses sens[5].

---

1. Sens antique : divinités, esprits, génies, *filles d'enfer* (v. 1637). — 2. Ce sont les Furies. — 3. Cf. Euripide, *Oreste*, v. 255 et suiv. : Oreste supplie Clytemnestre d'éloigner de lui « ces filles au visage ensanglanté et à la chevelure de serpent. » — 4. Aspect extérieur que revêt un personnage. — 5. On supprime souvent ces vers, à la représentation, car ils coupent l'émotion tragique en nous remettant en présence d'un homme normal.

- **L'action** — Avec la mort de Pyrrhus se dénouait la première des intrigues de la pièce. La deuxième s'achève sur la folie d'Oreste, cette « plénitude » pour lui (v. 1620).
- **La psychologie pathologique** — Racine peint parfois les manifestations de la passion en clinicien (cf. la peinture du « coup de foudre » reçu par Phèdre). Cette scène de la folie est admirable. Elle commence dans un calme menaçant puis, au v. 1621, apparaissent les premiers signes cliniques. Au v. 1622, l'image du sang s'empare d'Oreste. Viennent alors les hallucinations visuelles (v. 1625, 1629, 1633), auditives (v. 1638), les tremblements nerveux (v. 1626-1627). Et la folie furieuse éclate, voulue par les dieux infernaux : v. 1636-1641.
- **L'art classique** — La dignité de la poésie est sauvegardée par l'aspect sacré que revêt cette folie (dignité que l'on ne saurait trouver dans la scène de *delirium tremens* introduite par Zola dans l'*Assommoir*). Remarquons à quel point la règle des bienséances, loin de nuire à la psychologie, permet de mieux nous plonger dans une *aura* de terreur : peut-être Oreste aurait-il mieux résisté au spectacle qu'au récit du suicide d'Hermione. Vous en discuterez.

① « Le héros classique semble [...] parfois, devançant la mode de près de deux siècles, jouir de son malheur même et se complaire à l'exaspérer en le déplorant. Tel est Oreste au cinquième acte d'*Andromaque* de Racine » (J. Scherer, *la Dramaturgie classique en France*).

Dominique Blanchar dans le rôle d'Andromaque :
Ah! de quel souvenir viens-tu frapper mon âme?
(III, 8, v. 1014)
Théâtre Montansier (Versailles), 1967

André Falcon (Oreste) et Jean-Louis Jemma :
Mais quelle épaisse nuit tout à coup m'environne?
(V, 5, v. 1625)
Comédie-Française, 1964

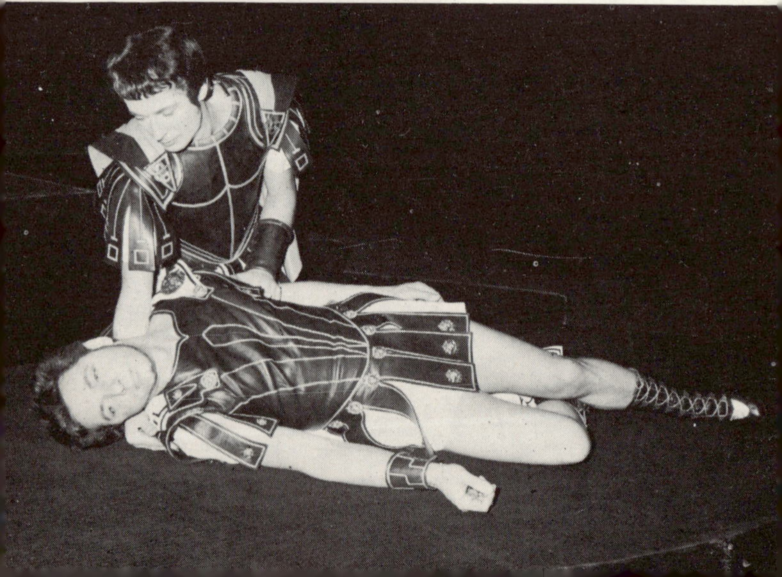

DOSSIER PÉDAGOGIQUE

Andromaque a été l'objet de commentaires plus nombreux que les autres tragédies de Racine — bien que l'on ait toujours fait, de *Britannicus*, la « pièce des connaisseurs » — parce qu'*Andromaque* est le premier chef-d'œuvre du poète, un chef-d'œuvre qui renouvelait le genre tragique.

I – JUGEMENTS

1. Comment on a jugé la pièce au XVIIe siècle

A cause de son succès immédiat, elle inquiéta. Lui reconnaître trop de qualités risquait de contrister un Corneille sexagénaire à qui l'on savait gré d'avoir charmé durant tant d'années. D'autre part, était-on bien sûr que l'œuvre de Racine répondait aux règles? Il ne suffisait pas qu'elle plût, encore fallait-il plaire selon la bonne formule.

Dès 1667, SUBLIGNY (1636-1696) attaqua le jeune auteur dans *la Folle Querelle* (voir p. 13). Il le montra en contradiction avec Aristote, inférieur à Corneille; bref, il cherchait à lui interdire l'entrée du salon réservé aux maîtres .
Dans *Andromaque*, l'amour occupe une place trop grande, invraisemblable. « L'amour est l'âme de toutes les actions de Pyrrhus, aussi bien que de la pièce, en dépit de ceux qui tiennent cela indigne des spectateurs. » Corneille n'avait-il pas affirmé que l'amour est « une passion trop chargée de faiblesse » pour constituer le ressort d'une œuvre tragique? Par ailleurs, Pyrrhus est trop brutal pour un personnage de son rang : « Ceux qui louent le reste de la pièce ont tous condamné sa brutalité, et je m'imagine voir un de nos braves du Marais, dans une maison d'honneur, où il menace de jeter les meubles par la fenêtre si on ne le satisfait pas promptement. »

Plus objectif, SAINT-EVREMOND (1610-1703) salua les beautés de la tragédie (lettre à M. de Lionne, 1668) mais il hésitait à se prononcer entre Racine et son grand aîné : « A peine ai-je eu le loisir de jeter les yeux sur *Andromaque* et sur *Attila* [tragédie de Corneille jouée le 4 mars 1667 par la troupe de Molière]; cependant il me paraît qu'*Andromaque* a bien l'air des belles choses; il ne s'en faut presque rien qu'il y ait du grand. Ceux qui n'entreront pas assez dans les choses l'admireront; ceux qui veulent des beautés pleines y chercheront je ne sais quoi d'attrayant qui les empêchera d'être tout à fait contents. Vous avez raison de dire que la pièce est déchirée par la mort de Montfleury [voir p. 13], car elle a besoin de grands comédiens qui remplissent par l'action ce qui lui manque; mais, à tout prendre, c'est une belle pièce, et qui est fort au-dessus du médiocre, quoique un peu au-dessous du grand. »
— « Ceux qui n'entreront pas assez dans les choses l'admireront » : estimez-vous, comme Saint-Evremond, que la pièce perd à l'analyse

ou que celle-ci met en valeur des beautés qui échappent à la représentation?

En 1672, après la représentation de *Bajazet*, Mme DE SÉVIGNÉ acceptait Racine, mais le plaçait nettement au-dessous de l'inégalable Corneille : « *Bajazet* est beau; j'y trouve quelque embarras sur la fin; il y a bien de la passion, et de la passion moins folle que celle de *Bérénice :* je trouve cependant, selon mon goût, qu'elle ne surpasse pas *Andromaque ;* et pour ce qui est des belles comédies de Corneille, elles sont autant au-dessus [sous-entendons : « de celles de Racine »] que celles de Racine sont au-dessus de toutes les autres. Croyez que jamais rien n'approchera (je ne dis pas surpassera) des divins endroits de Corneille » (à Mme de Grignan, 15 janvier 1672).
Quelques mois plus tard (16 mars 1672), la marquise prononçait son jugement définitif sur les deux rivaux : « Ma fille, gardons-nous bien de lui [Corneille] comparer Racine, sentons-en la différence. Il y a des endroits froids et faibles, et jamais il n'ira plus loin qu'*Alexandre* et qu'*Andromaque* [...] Racine fait des comédies pour la Champmeslé [voir p. 7] : ce n'est pas pour les siècles à venir. Si jamais il n'est plus jeune, et qu'il cesse d'être amoureux, ce ne sera plus la même chose. Vive donc notre vieil ami Corneille ! »

Quant au pamphlétaire BARBIER D'AUCOUR (1641-1694), huit ans après la première d'*Andromaque*, il continuait de s'en moquer (*Apollon, vendeur de Mithridate*, 1675). Racine avait des ennemis intraitables qui ne lui pardonnaient pas plus ses succès à la scène que la désinvolture de sa conduite :

La racine s'ouvrant une nouvelle voie
    Alla signaler ses vertus
Sur les débris pompeux de la fameuse Troie,
    Et fit un grand sot de Pyrrhus,
    D'Andromaque une pauvre bête
    Qui ne sait ou porter son cœur,
    Ni même où donner de la tête,
D'Oreste, roi d'Argos, un simple ambassadeur,
Qui n'agit toutefois avec le roi Pylade
        Que comme un argoulet,[1]
Et loin de le traiter comme son camarade,
    Le traite de maître à valet.

L'épigrammatiste entrevoyait-il le problème de la « coquetterie vertueuse »? Il mettait surtout en doute la vérité psychologique de la pièce.

2. Au XVIIIe siècle

Les règles classiques paralysaient encore le jugement, mais l'admiration l'emporta. VOLTAIRE (*Remarques sur le Troisième Discours du poème dramatique*) critiqua l'unité d'action, le mélange des genres, la préciosité; il avoua néanmoins son admiration en termes élogieux :

1. Archer à cheval et, plus communément, homme de rien.

« Il y a manifestement deux intrigues dans l'*Andromaque* de Racine, celle d'Hermione aimée d'Oreste et dédaignée de Pyrrhus, celle d'Andromaque qui voudrait sauver son fils et être fidèle aux mânes d'Hector. Mais ces deux intérêts, ces deux plans sont si heureusement rejoints ensemble que, si la pièce n'était pas un peu affaiblie par quelques scènes de coquetterie et d'amour plus dignes de Térence que de Sophocle (voir *l'Unité des genres*, p. 79), elle serait la première tragédie du théâtre français. »

Et qu'importent les théories! remarquait le neveu de Corneille, FONTENELLE (1657-1757). Il n'est pas besoin de s'en soucier pour séduire le public, particulièrement le public féminin. « Voilà ce qu'il fallait aux femmes dont le jugement a tant d'autorité au théâtre, écrivit-il à propos d'*Andromaque* dans sa *Vie de Corneille.* Ainsi furent-elles toutes charmées. »

Prenant le point de vue du metteur en scène, DIDEROT se demanda, dans son *Paradoxe sur le comédien*, s'il suffit d'une actrice au caractère passionné pour jouer le rôle capital d'Hermione. « La sensibilité étant, en effet, compagne de la douleur et de la faiblesse, dites-moi si une créature douce, faible et sensible, est bien propre à concevoir et à rendre [..] les transports jaloux d'Hermione, les fureurs de Camille [...] le délire et les remords de Phèdre, l'orgueil tyrannique d'Agrippine, la violence de Clytemnestre? Abandonnez votre éternelle pleureuse à quelques-uns de nos rôles élégiaques, et ne l'en tirez pas ». Pour représenter à la scène une de ces « tigresses », il faut une actrice chevronnée, au jeu calculé. C'est un hasard exceptionnel « s'il s'est trouvé une actrice de dix-sept ans [Mlle Raucourt, 1756-1815, qui débuta en 1772] capable du rôle [...] d'Hermione, c'est un prodige qu'on ne reverra plus » (voir p. 118 le jugement de Musset à propos d'une autre jeune actrice : Rachel).

3. Au XIXe siècle

Le siècle des révolutions littéraires se montra sensible à la nouveauté d'*Andromaque.* CHATEAUBRIAND (*le Génie du christianisme*, II, 11, 6) vit, dans cette tragédie, un drame chrétien : « Les sentiments les plus touchants de l'Andromaque de Racine émanent pour la plupart d'un poète chrétien [...] Cette humilité que le christianisme a répandue dans les sentiments perce à travers tout le rôle moderne d'Andromaque. »

La nouveauté de la pièce, SAINTE-BEUVE voulut la définir avec précision dans ses *Portraits littéraires :*

« Lorsque parut *Andromaque*, on reprocha à Pyrrhus un reste de férocité; on l'aurait voulu plus poli, plus galant, plus achevé. C'était une conséquence du système de Corneille, qui faisait ses héros tout d'une pièce, bons ou mauvais de pied en cap; à quoi Racine répondait fort judicieusement : *Aristote, bien éloigné... sans les faire détester* [Première préface d'*Andromaque*, voir plus haut, p. 30, l. 47-56]. J'insiste sur ce point, parce que la grande innovation de Racine et sa plus incontestable originalité dramatique consistent précisément dans cette réduction des personnages héroïques à des proportions plus humaines, plus naturelles, et dans cette analyse délicate des plus secrètes nuances du sentiment et de la passion. Ce qui distingue Racine, avant tout, dans la composition du style, comme dans celle du drame, c'est la suite logique, la liaison ininterrompue des idées et des sentiments; c'est que chez lui tout est rempli sans vide et motivé sans réplique, et que jamais il n'y a lieu d'être surpris de ces changements brusques, de ces retours sans intermédiaire, de ces *volte-faces* subites, dont Corneille a fait souvent abus dans le jeu de ses caractères et dans la marche de ses drames. Nous sommes pourtant loin de reconnaître que, même en ceci, tout l'avantage au théâtre soit du côté de Racine; mais, lorsqu'il parut, toute la nouveauté était pour lui, et la nouveauté la mieux accommodée au goût d'une Cour où se mêlaient tant de faiblesses, où rien ne brillait qu'en nuances, et dont, pour tout dire, la chronique amoureuse, ouverte par une La Vallière, devait se clore par une Maintenon. »

Bien avant Taine, Geoffroy (*Cours de Littérature dramatique*, 1819-1820) vit dans la pièce une peinture du XVIIe siècle : « Andromaque n'a de naturel que sa tendresse pour son fils; le reste est le résultat de l'éducation, des mœurs et du ton de la société la plus raffinée. »

Du haut des cimes où régnait Olympio, Hugo laissa tomber un jugement dédaigneux (*Choses vues*), sur les deux grands tragiques du siècle de Louis XIV; mais, reconnaissant en Corneille un Olympien, une âme virile de son espèce, il l'épargna un peu pour accabler Racine :

« A mon sens, le style de Racine a beaucoup plus vieilli que le style de Corneille. Corneille est ridé; Racine est fané. Corneille reste magnifique, vénérable et puissant. Corneille a vieilli comme un vieil homme; Racine comme une vieille femme. »

Stendhal prit intérêt à *Andromaque* et reconnut à l'auteur (*Racine et Shakespeare*, 1823) le sens de la vérité. « Racine a donné aux marquis de la cour de Louis XIV une peinture des passions, tempérée par l'extrême dignité qui était alors de mode, et qui faisait qu'un duc de 1670, même dans les épanchements les plus tendres de l'amour paternel, ne manquait jamais d'appeler son fils : *Monsieur* [...] C'est pour cela que le Pylade d'*Andromaque* dit toujours à Oreste : *Seigneur;* et cependant quelle amitié que celle d'Oreste et de Pylade ! » Mais Stendhal était de son temps et, comme Hugo, il ne dissimula pas son mépris pour la tragédie, celle de Racine en particulier. C'est vraisemblablement à *Andromaque* qu'il pensait en nous informant dans *la Vie d'Henry Brulard* (commencée, selon H. Martineau, le

23 novembre 1835), de son « complet éloignement pour la tragédie, de son éloignement jusqu'à l'ironie pour la tragédie en vers ».
« Il y a exception pour cet homme simple et grand, Pierre Corneille, suivant moi immensément supérieur à Racine, ce courtisan rempli d'adresse et de bien-dire. Les règles d'Aristote, ou prétendues telles, étaient un obstacle ainsi que les vers pour ce poète original. Racine n'est original aux yeux des Allemands, Anglais, etc... que parce qu'ils n'ont pas eu encore une cour spirituelle, comme celle de Louis XIV, obligeant tous les gens riches et nobles d'un pays à passer tous les jours huit heures ensemble dans les salons de Versailles.
» La suite des temps portera les Anglais, Allemands, Américains et autres gens à argent ou rêverie antilogique à comprendre l'adresse courtisane de Racine; même l'ingénue la plus innocente, Junie ou Aricie, est confite en adresse d'honnête catin; Racine n'a jamais pu faire une Mme de La Vallière mais toujours une fille extrêmement adroite et peut-être physiquement vertueuse, mais certes pas moralement. Vers 1900 peut-être que les Allemands, Américains, Anglais arriveront à comprendre tout l'esprit courtisanesque de Racine. Un siècle peut-être après, il arriveront peut-être à sentir qu'il n'a jamais pu faire une La Vallière. »
— Au lieu de mépriser « l'adresse courtisane de Racine », que vous définirez, ne peut-on y voir la preuve d'une intime connaissance des passions humaines?
Stendhal lui-même l'a laissé entendre par cette formule aimée d'Alain (*Stendhal*, 1935, Pléiade, p. 781) :

« Il est le poète de l'*anxiété*, comme Corneille celui du *sublime*. »
A travers les jugements désobligeants, dictés par l'antipathie d'un « libéral » pour le chien au « cou pelé » du fabuliste, on devine une analyse aiguë de l'âme des personnages raciniens. Mais comment imaginer que des Hermione, des Roxane, des Phèdre, des Athalie, des Néron, des Agrippine aient pu être conçus par ce lourd et solennel personnage à perruque que les portraits officiels de Racine nous présentent? « Il y avait un superbe portrait du cardinal de Richelieu que je regardais souvent, nous confie Stendhal dans ses *Souvenirs d'égotisme* (commencés le 20 juin 1832). A côté était la grosse figure lourde, pesante, niaise de Racine [1]. C'était avant d'être aussi gras que ce grand poète avait éprouvé les sentiments dont le souvenir est indispensable pour faire *Andromaque* et *Phèdre*. » Ainsi se trouvait préparée la thèse que devait soutenir Masson-Forestier, lointain descendant du poète, dans *Autour d'un Racine ignoré* (1914).

1. « Le seul portrait de Racine qui présente de sérieuses garanties d'authenticité est celui que peignit Santerre deux ou trois ans, vraisemblablement, avant la mort du poète » (R. Picard, II, p. 1145). Il a été reproduit par le graveur Edelinck en 1699. Est-ce à ce portrait que fait allusion Stendhal, à celui que l'on attribue à Rigaud, ou à l'esquisse faite par Louis Racine d'après le portrait de Santerre?

MUSSET s'intéressa au problème de l'interprétation. Après avoir constaté (*De la Tragédie ; A propos des débuts de Mademoiselle Rachel*, 1er novembre 1838) qu'on pleure à *Andromaque*, il évoqua la manière dont Rachel (1820-1858) disait le vers 1244 : *Je percerai le cœur que je n'ai pu toucher*, et reprit à son compte une remarque faite par Diderot (voir p. 115) après avoir entendu une autre jeune actrice, mais pour en tirer une conséquence différente : « Pour quiconque l'a entendue et sait le prix de la vérité, l'accent qu'elle donne à ce vers, qui n'est pas bien remarquable [...] est une chose incompréhensible dans une si jeune fille; car ce qui va au cœur vient du cœur, ceux qui en manquent peuvent seuls le contester; et où a-t-elle appris le secret d'une émotion si forte et si juste? Ni leçons, ni conseils, ni études, ne peuvent rien produire de semblable. Qu'une femme de trente ans, exaltée et connaissant l'amour, pût trouver un accent pareil dans un moment d'inspiration, il faudrait encore s'étonner; mais que répondre quand l'artiste a seize ans? »

« Venons aux questions littéraires » : si le public reprenait goût à la tragédie huit ans après *Hernani*, était-ce parce que le genre revenait à la mode? Non. Ce n'était pas Hermione qu'on allait voir à la Comédie-Française, mais Mlle Rachel; c'est elle qu'on allait entendre et applaudir, non Racine. « Pour ce qui regarde [...] les gens qui croient voir une affaire de mode dans le retour du public à l'ancienne tragédie, disons, sans hésiter, qu'ils se trompent. Il est bien vrai qu'on va voir *Andromaque* parce que Mlle Rachel joue Hermione et non pour autre chose, de même qu'il est vrai que Racine écrivit *Iphigénie* pour la Champmeslé, et non pour une autre » (voir le jugement de Mme de Sévigné, p. 114).

— Allez-vous à la Comédie-Française pour l'acteur ou pour l'auteur? Vous présenterez votre goût et vous le soutiendrez.

A la fin du siècle, les GONCOURT parlèrent de Racine en « confrère » et le louèrent d'avoir employé des métaphores hardies dont, jusqu'alors, on avait dit qu'elles reflétaient la préciosité à la mode. Dans leur *Journal* du 12 janvier 1860, les frères Goncourt (Jules mourra en 1870, Edmond survivra à son cadet jusqu'en 1896) attribuent ce mot à Flaubert : « Mais l'image, les classiques en sont pleins! La tragédie n'est qu'images. Jamais Pétrus Borel [poète romantique mineur qui vécut de 1809 à 1859] n'aurait osé cette image insensée : *Brûlé de plus de feux que je n'en allumai* » (v. 320). Pensant à ses propres déboires, Edmond de Goncourt notait avec sympathie, le 10 janvier 1890, que Racine avait subi des échecs, tout comme un autre : « Racine, le grand, l'illustre Racine, a été sifflé, chuté par les enthousiastes de Pradon, par les souteneurs du vieux théâtre, et ce Racine, avec lequel on éreinte les auteurs dramatiques modernes, était en ce temps un révolutionnaire tout comme quelques-uns le sont aujourd'hui », — Goncourt en particulier qui eût aimé faire, du mot *révolutionnaire*, (il s'en croyait un) un synonyme du mot *génie*. Ayant, de l'originalité, une conception moderne, le romancier naturaliste blâmait cependant le poète d'avoir pris son bien un peu partout, selon le procédé classique bien connu :

« Au fond, Racine et Corneille n'ont jamais été que des arrangeurs en vers de pièces grecques, latines, espagnoles. Par eux-mêmes, ils n'ont rien trouvé, rien inventé, rien créé. Il semble qu'on n'ait jamais fait cette remarque. »

Avec l'éclectisme et la liberté d'esprit qui lui étaient propres, FAGUET parla (*Études et Portraits littéraires*, 1881-1895) d'*Andromaque* comme d'une comédie précieuse et d'un drame romantique : « *Andromaque*, c'est la vie elle-même et par conséquent c'est une comédie. C'est une comédie qui finit mal; la tragédie ne sera jamais autre chose, pour Racine, jusqu'à *Phèdre*. Retournez la théorie de Corneille, vous avez la théorie d'*Andromaque*; les grands intérêts de l'humanité au second rang et les sentiments individuels et surtout l'amour au premier. *Andromaque* est ce que Corneille et les cornéliens appelleraient une comédie. Elle abonde, du reste, en mots plaisants. Tout le second acte en est plein : *Le cœur est pour Pyrrhus, et les vœux pour Oreste* [v. 538]. — *Crois que dans son dépit mon cœur est endurci, — Hélas! et, s'il se peut, fais-le moi croire aussi* [v. 431-432]. — *Mais, de grâce, est-ce à moi que ce discours s'adresse?* [v. 530]. — *Mais, Seigneur, cependant, s'il épouse Andromaque? — Hé! Madame. — Songez quelle honte pour nous — Si d'une Phrygienne il devenait l'époux! — Et vous le haïssez?* [v. 570-573] — *Crois-tu, si je l'épouse, — Qu'Andromaque en son cœur n'en sera pas jalouse?* [v. 669-670] Aucun *classique* ne s'y est trompé. Boileau, Jean-Baptiste Rousseau, Voltaire sont chagrinés de ce qu'*Andromaque* contient de comique. »

— Voyez-vous, dans ces vers, des « mots plaisants »? Vous en discuterez.

4. Au XXe siècle

On a mieux compris l'œuvre de Racine quand elle a été étudiée indépendamment de toute notion d'école, sans référence à Corneille, au « classicisme de 1661 » ou à Port-Royal, en prenant simplement conscience de ce qu'elle nous apporte. Ainsi Racine est apparu tout proche et nous n'avons conservé avec lui que les distances imposées par ce mystère de la « poésie pure » auquel Henri Brémond a consacré plusieurs ouvrages (voir, en particulier, *Racine et Valéry*, 1930).

Anatole FRANCE (*la Vie littéraire*, à propos du *Notre Cœur* de Maupassant) a loué Racine d'avoir bâti son œuvre en marge de la morale, malgré la règle quasi canonique qui assignait au théâtre un rôle éducateur :

« Racine [...] fut le plus audacieux, le plus terrible et le plus vrai des naturalistes et peut-être à certains égards le moins moral. »

Le critique catholique Victor GIRAUD (*Portraits d'âmes*, 1929, p. 36-37) a, lui aussi, loué Racine pour son réalisme impitoyable;

dans ses plus nobles tragédies, il a vu de simples faits-divers : « Oreste, Hermione, Roxane, Ériphile, Phèdre, autant de victimes de leurs sens, autant d'images symboliques des aberrations morales auxquelles certaines natures trop faibles se laissent entraîner par la fougue d'une imagination sensuelle, par les mille fatalités physiques qui, plus ou moins fortement, pèsent sur chacun de nous. De ces aberrations morales les rencontres de la vie, les faits-divers des journaux ne nous offrent, hélas! que trop d'exemples. Racine a transposé, poétisé, parfois ennobli, il n'a rien inventé; il a puisé à pleines mains dans la réalité quotidienne, il a exploré et, aux regards exercés, il a bien fait sentir qu'il connaissait les tristes dessous de la vie; il a peint sans illusion notre humanité douloureuse. »

M. Antoine Adam (IV, p. 318-319) n'a pas accepté ce point de vue sans le nuancer. Tout réaliste recherche le vrai. Tout réaliste peut souscrire l'adage célèbre : « Rien n'est beau que le vrai, le vrai seul est aimable. » Mais « le vrai » racinien n'est ni celui de Flaubert, ni celui de Zola, ni celui de Subligny. « Les contemporains avaient fini par lier l'idée de tragédie à un ensemble d'attitudes, de gestes et de mots, et la première tâche de Racine avait été de la libérer de cette servitude. Qu'on lise les critiques que Subligny adressa à la pièce nouvelle [voir p. 15 et 113], et l'on se rendra un compte exact des audaces qu'elle offrait. Il aurait fallu, dit cet admirateur de Corneille, il aurait fallu que Pylade et Oreste fussent de vrais rois et parlassent en rois. Pyrrhus aurait été violent et farouche, mais il serait resté constamment honnête homme. Il se serait défait de sa garde [voir les v. 1061 et 1453] par un acte de courage et non par une bévue insupportable. Andromaque aurait été moins étourdie. Elle aurait mis Astyanax en sûreté avant de mourir. Il eût fallu mêler à la passion d'Hermione une considération plus attentive au point d'honneur, et elle aurait été heureuse, fût-ce un instant, de se voir vengée. Voilà ce que Racine aurait dû faire pour prendre rang parmi les élèves de Corneille. »
A la vérité selon les règles d'Aristote, à la vérité selon l'histoire ou la légende, à la vérité selon les habitudes mondaines, Racine a préféré la vérité profonde de la passion qui mène les hommes depuis des temps immémoriaux et dont il savait jusqu'où elle peut conduire les gens que l'éducation a le mieux préservés :

« La première vertu d'*Andromaque* était là, dans ce dévoilement, dans ces éclairs jetés sur les abîmes de notre misère. Ce qui ne veut pas dire, à coup sûr, qu'il faille revenir à cette interprétation de Racine qui eut cours vers les débuts de ce siècle, et qui ne voyait en lui qu'un *psychologue*. Car ce n'est pas une exacte et paisible vérité que Racine nous propose, mais une vérité pathétique et qui nous concerne. C'est notre propre cœur qui se trouve par lui mis à nu, et cette révélation est tragique. Elle est sans doute, aux yeux de Racine, le tragique même » (IV, p. 318).

II – ÉTUDE D'ANDROMAQUE

Première en date des grandes œuvres de Racine, la tragédie d'*Andromaque* offre à l'analyse, sinon le modèle du tragique racinien, du moins l'essentiel de la démarche créatrice du dramaturge. A commencer par le travail sur les sources.

1. Une tragédie originale ?

L'histoire d'Andromaque n'a pas été inventée par Racine : il a puisé dans une tradition déjà riche (voir pp. 17-18) dont il donne lui-même les grands jalons (voir première Préface, lignes 1-31).
— En confrontant ces « emprunts » à la tragédie elle-même vous essayerez d'analyser :
a) le travail d'élargissement du sujet effectué par Racine à partir du « peu de vers » de l'*Énéide* qu'il cite;
b) la fidélité aux personnages légendaires : que retient-il d'eux? qu'ajoute-t-il? que supprime-t-il?;
c) la novation dans la construction de l'intrigue.
En fait, le véritable travail de Racine est un travail de synthèse qu'Alain Niderst (*Racine*, P.U.F., coll. Que sais-je?, 1978, p. 12) résume ainsi :
« Les modifications que Racine apporte à ces sujets tendent, jusqu'à un certain point, à les uniformiser et à les mouler tous dans une dramaturgie presque stéréotypée, qui s'impose d'ailleurs à ses contemporains autant qu'à lui-même et qui émane bien plus du goût et des habitudes du public que des obsessions du poète... ».
— En quoi consiste, selon vous, cette dramaturgie presque « stéréotypée »? Peut-on dès lors parler de tragédie « racinienne »? A titre de comparaison, essayez d'imaginer le traitement que Corneille aurait pu faire subir aux mêmes sources.
On a souvent rapproché l'*Andromaque* de Racine de la *Pertharite* de Corneille (voir p. 17).
— Après avoir lu cette tragédie, vous tenterez de montrer :
a) les similitudes : de structure, de thèmes;
b) les différences : dans quel domaine sont-elles le plus sensibles?

2. Le tragique

Partant de la notion même de tragédie, il est possible de concevoir diverses approches : l'une, doctrinale, peut s'attacher au respect formel des règles (voir pp. 18-19); une autre peut tenter de vérifier la formule dont use Racine dans la Préface de *Bérénice* : « une action simple chargée de peu de matière... »; une troisième peut chercher à cerner la nature même du « tragique ». Tout le monde reconnaît derrière le conflit tragique, la transcendance (que les Grecs nommaient simplement « destin ») : mais de quelle transcendance s'agit-il?

Pour Roland BARTHES (*Sur Racine*, Éd. du Seuil, 1963, p. 66), le ressort même du tragique repose sur un « écart » : écart entre « une action qui tend à la nullité » et une « parole démesurée » : « Le *logos* fonctionne ici comme un précieux tourniquet entre l'espoir et la déception [...]. Ce *logos* tragique, c'est l'illusion même d'une dialectique, c'est la forme de l'issue, mais ce n'en est que la forme : une fausse porte, contre laquelle le héros vient sans cesse donner, qui est tour à tour le dessin de la porte et son plein. Ce paradoxe explique le caractère affolé du *logos* racinien; il est à la fois agitation des mots et fascination du silence, illusion de puissance et terreur de s'arrêter. Confinés dans la parole, les conflits sont évidemment circulaires, car rien n'empêche l'autre de parler encore. Le langage dessine le monde délicieux et terrible des revirements infinis et infiniment possibles : d'où souvent chez Racine une sorte de marivaudage patient de l'agression : le héros se fait exagérément sot pour entretenir la contention, retarder le temps atroce du silence. Car le silence est irruption du faire véritable, effondrement de tout l'appareil tragique. Voici donc qu'apparaît la véritable utopie de la tragédie racinienne : celle d'un monde où la parole serait solution : mais aussi sa véritable limite : l'improbabilité ».

— En étudiant de près le texte de Racine, vous montrerez :

a) l'importance de la parole dans la tragédie;

b) l'organisation de la pièce fondée sur l'alternance de silences et de discours.

— En quoi consiste « le marivaudage patient » dont parle ici Barthes?

— Examinez les moments de silence et dites si l'action continue de progresser effectivement.

— Comparez, de ce point de vue, la conception racinienne à celle que Corneille définit dans l'*Examen* de *Polyeucte* : « Les actions sont l'âme de la tragédie où l'on ne doit parler qu'en agissant et pour agir. »

A cette transcendance du silence des mots, Lucien GOLDMANN (extrait de *Situation de la critique racinienne*, coll. Travaux n° 16, 1971, L'Arche, Paris, pp. 57-59) oppose un autre silence : celui, impalpable, du « dieu spectateur ».

« Si l'on se propose de comprendre *Andromaque* [...], il convient de partir de la grande tripartition janséniste tragique pour laquelle l'univers est constitué par la tension insurmontable entre trois forces fondamentales.

» Il y a d'abord le monde vain et manifeste, représenté dans le théâtre racinien par deux sortes de personnages, les fauves et les pantins [...]

» A ce monde s'opposent les personnages incarnant les valeurs authentiques, homologues au Dieu janséniste [...]; nous les appellelerons, dans notre analyse, 'dieu', étant bien précisé, pour éviter tout malentendu, que cette appellation désigne une réalité fonctionnelle à l'intérieur de l'univers des pièces et non une identification avec le Dieu chrétien des jansénistes. Ce 'dieu' présente, sans être chrétien, les mêmes attributs que le Dieu janséniste : situé à l'opposé du monde, il est toujours présent à la conscience du héros en tant qu'exigence absolue et irrémissible, et toujours absent dans la mesure où il ne dit jamais au héros quel chemin prendre pour agir en conformité avec cette exigence; enfin, lorsqu'il se manifeste dans le monde, à travers la conscience du personnage tragique, et uniquement à travers elle, ce dieu spectateur prend toujours la forme de deux exigences contradictoires et irréalisables. [...]

» Entre le monde inessentiel et manifeste des fauves et des pantins et le dieu spectateur, seul lien entre l'un et l'autre, se situe l'homme tragique. Vivant uniquement sous l'empire des exigences divines qui l'obligent à refuser le monde, il demeure cependant lié au monde, au moins tant qu'il est en vie pour les jansénistes et tant qu'il est sur scène pour le dramaturge. Grand par ses exigences d'absolu par rapport auquel il n'y a pas de meilleur ou de pire, mais simplement ce qui est valable ou non valable, puisqu'aussi bien aucun changement en plus ou en moins dans le fini ne saurait modifier sa distance par rapport à l'infini; petit par l'impossibilité qu'il éprouve de réaliser ces exigences et d'approcher la divinité : tel est l'homme tragique, l'homme paradoxal de Pascal, toujours à égale distance de Dieu et du monde. »

— Recherchez dans *Andromaque*, qui incarne :

a) le « monde inessentiel » des « fauves »?

b) le « dieu spectateur »?

et précisez en quoi consistent les exigences de chaque univers.
Dans la suite de son analyse, Goldmann précise que la tragédie bascule avec « la rupture, la prise de conscience, qui est l'équivalent profane de la catégorie religieuse et janséniste de la conversion ».

— Cette « rupture » existe-t-elle dans *Andromaque*? Comment et quand se manifeste-t-elle?

La structure

On a souvent réduit *Andromaque* à un « quadrille » (voir p. 25) : or, une telle figure a le défaut majeur de niveler les conflits alors que la nature des relations interpersonnelles varie dès lors qu'intervient le héros tragique :

« On a tenté de résumer comme suit l'intrigue d'*Andromaque* : Oreste aime Hermione qui aime Pyrrhus qui aime Andromaque qui aime Hector. Ce résumé nous paraît totalement erroné. En effet, alors que les trois premiers personnages sont dominés par la passion, Andromaque est avant tout un personnage tragique dominé par deux obligations *morales* et, comme telles, atemporelles : celle de rester fidèle à Hector et celle de protéger Astyanax. A partir de là, la pièce, dont la structure est au départ rigoureusement tragique, s'oriente vers le drame. Dans la perspective du début, en effet, aucune solution n'est concevable et Andromaque ne saurait surmonter la contradiction. Mais voici qu'au cours de l'intrigue une solution apparaît possible : Andromaque épousera Pyrrhus et se donnera la mort tout de suite après. Inutile de dire que, dans la perspective du début, cette solution ne présente aucune certitude, car rien ne saurait garantir que Pyrrhus, furieux d'avoir été trompé, ne se vengera pas sur Astyanax. Nous ne sommes plus dans la tragédie où tout est nécessaire et inexorable, mais dans le drame où le déroulement de l'action dépend d'événements en dernière instance accidentels » (Goldmann, *op. cit.*, p. 61).

— Comment différencieriez-vous le « drame » de la « tragédie »? A partir d'exemples précis empruntés au répertoire théâtral (théâtre classique, romantique, bourgeois du XVIIIe, symboliste ou contemporain), expliquez l'opposition.

Cette construction, en chaîne, n'en demeure pas moins une suite de conflits particuliers dans lesquels la relation amoureuse n'est que le « relais » d'une relation plus fondamentalement dramatique : le « rapport d'autorité » (Roland Barthes, *op. cit.*, pp. 34 et suiv.). « Ce rapport est si général, si formel pourrait-on dire, que je n'hésiterai pas à le représenter sous l'espèce d'une double équation :

A a tout pouvoir sur B.
A aime B, qui ne l'aime pas.

» Mais ce qu'il faut bien marquer, c'est que le rapport d'autorité est extensif au rapport amoureux.

» Les sentiments réciproques de A et de B n'ont d'autre fondement que la situation originelle dans laquelle ils sont placés par une sorte de pétition de principe, qui est vraiment l'acte créateur du poète : l'un est puissant, l'autre est sujet, l'un est tyran, l'autre est captif, mais ce rapport ne serait rien s'il ne se doublait d'une véritable contiguïté : A et B sont enfermés dans le même lieu : c'est finalement l'espace tragique qui fonde la tragédie. »

— Recherchez dans la pièce les passages où s'exprime la violence du « rapport d'autorité », et précisez en quoi l'espace tragique renforce cette violence.

— Qu'est-ce qui différencie fondamentalement, de ce point de vue, la relation Andromaque/Pyrrhus?

« Morale », « violence », « autorité » : tout semble orienter la critique vers une lecture fondée sur des schémas psychanalytiques : tentative évidente ici car elle met aux prises des relations fondamentales (amoureuses, de couple, maternelles, etc.), mais tentative ambiguë car elle s'intéresse parfois plus à l'écrivain qu'au texte lui-même. Pourtant le travail de Charles MAURON a le mérite d'attirer l'attention sur le rôle fondamental de Pyrrhus, que la critique a trop souvent réduit au rang de démon falot :

« Pyrrhus représente certainement le personnage central, c'est-à-dire, du point de vue psychologique, le moi. [...] Non seulement il est le seul personnage relié à chacun des autres par un fil direct, mais encore il possède le pouvoir de décision. Andromaque, Hermione se présentent à lui comme des images de solutions possibles. Oreste se trouve réduit à un rang subalterne : il transmet les décisions de Pyrrhus ou sert d'instrument à la vengeance d'Hermione; en vérité, il est hors de jeu. [...] Pyrrhus apparaît donc comme le pivot de la tragédie racinienne; il occupe une place qui, dans Euripide, était vide. Notre structure se présente donc ainsi :

Hermione	Pyrrhus	Andromaque
(Oreste)		(Astyanax) »

(*L'Inconscient dans l'œuvre et la vie de Racine*, José Corti, 1957, p. 54).

— A la lumière de cette remarque, tracez le schéma des relations interpersonnelles d'*Andromaque* sur le modèle proposé par Mme Ubersfeld (in *Lire le théâtre*, Éd. sociales, 1977, p. 68-69).

ICONOGRAPHIE

A travers les quelques documents reproduits dans l'ouvrage, on pourra s'interroger sur le travail de la mise en scène :

— Quel sens revêt de nos jours la résurrection de l'espace scénique classique (*cf.* p. 14)? N'est-ce pas un « gadget » artificiel?

— Que signifie l'écart posé par le costume tragique (grec ici)?

— Quel sens peut revêtir le choix de l'habit moderne (*cf.* p. 51)?

— Comment interpréter visuellement le sens du texte par la symbolique des lieux, des couleurs, les jeux de lumière, etc.?

BIBLIOGRAPHIE

Nous avons reproduit, en modifiant parfois la ponctuation, le texte de la dernière édition de ses *Œuvres* publiée par Racine, chez Thierry, Barbier et Trabouillet, en 1697.

Sur Racine, on consultera, non sans précaution, l'ouvrage rédigé par son fils Louis sous ce titre : *Mémoires contenant quelques particularités sur la vie et les ouvrages de Jean Racine*, publié à Lausanne et à Genève en 1747. « Cette compilation bavarde a du moins le mérite de nous montrer que la légende de Racine est fondée sur une cinquantaine d'anecdotes et de faits mal attestés » (R. Picard, *op. cit.*, I, p. 21).

Tous les documents anciens concernant le poète ont été réunis par M. Raymond Picard dans son *Corpus Racinianum; Recueil-Inventaire des textes et documents du XVIIe siècle concernant Jean Racine*, 1956.

Parmi les principaux ouvrages critiques on retiendra :

a) sur le classicisme, deux synthèses bien documentées et fourmillantes de remarques stimulantes.

René Bray, *la Formation de la doctrine classique en France*, Nizet, 1926 (rééd. 1950 et 1963).

Jacques Scherer, *la Dramaturgie classique en France*, Nizet, 1950.

b) sur Racine :

René Jasinski, *Vers le vrai Racine*, A. Colin, 1958.

Thierry Maulnier, *Racine*, N.R.F., 1935.

Raymond Picard, *la Carrière de Jean Racine*, N.R.F., 1956.

Roland Barthes, *Sur Racine*, Le Seuil, 1963 (rééd. coll. Points, 1979).

Lucien Goldmann, *le Dieu caché*, N.R.F., 1955 (rééd. coll. Tel, 1977). On complètera ce travail de fond par un ouvrage plus réduit du même auteur : *Racine*, l'Arche, 1956.

Charles Mauron, *l'Inconscient dans l'œuvre et la vie de Racine*, José Corti, 1957.

c) sur *Andromaque* en particulier :

Anne Ubersfeld, « Introduction » à *Andromaque*, Classiques du peuple, Éd. sociales, 1961.

Paul Bénichou, « Andromaque captive puis reine » in *l'Écrivain et ses travaux*, José Corti, 1967.

d) enfin, trois ouvrages, qui, à des titres divers, dispensent d'une lecture étendue de l'exégèse racinienne :

Jean-Jacques Roubine, *Lectures de Racine*, A. Colin, coll. U 2, 1971 (le plus complet).

Lucien Goldmann, *Situation de la critique racinienne*, l'Arche, 1971 (le plus personnel).

Alain Niderst, *Racine et la tragédie classique*, P.U.F., coll. Que sais-je?, 1978 (le plus accessible).

DISCOGRAPHIE

Dans la collection des SÉLECTIONS SONORES BORDAS

Série théâtre — Conseiller littéraire Fernand Angué

ANDROMAQUE
Une cassette

Textes choisis par Pol GAILLARD

Musique J. B. LULLI et M. A. CHARPENTIER recueillie par J. ROLLIN

Réalisation Alain BARROUX

LES INTERPRÈTES

Catherine SELLERS . . . . Andromaque
Nita KLEIN . . . . Hermione
Laurent TERZIEFF . . . . Oreste
Georges DESCRIÈRES . . . . Pyrrhus
Sociétaire de la Comédie-Française

avec Annie MONNIER, Sabine RAVEL, et Jean NÉGRONI, le récitant.

TABLE DES MATIÈRES

Imprimerie Berger-Levrault, Nancy – 778080-3-1984.
Dépôt légal : mars 1984 – Dépôt 1re édition : 1961.
Imprimé en France.